크리스마스 캐럴

세계교양전집 5

크리스마스 캐럴

찰스 디킨스 지음 | 아서 래컴 그림

박영민 옮김

올리버

찰스 디킨스 Charles Dickens

· 차례 ·

서문

이 작은 책에서 독자들이

스스로에게, 서로에게, 크리스마스 시즌에,

그리고 저에게도 불쾌감을 주지 않도록,

유령을 불러일으키려고 노력했습니다.

그 유령이 독자들의 집에 기분 좋게 출몰하고,

아무도 그 유령을 내쫓고 싶어 하지 않기를 바랍니다.

여러분의 충실한 친구이자 하인

찰스 디킨스

1843년 12월

제1장

말리의 유령

애초에 말리는 죽었습니다. 그 사실에는 의심의 여지가 없습니다. 그의 장례 기록부에는 성직자, 서기, 장의사, 그리고 상주가 서명했습니다. 스크루지도 장례기록부에 서명했습니다. 스크루지의 이름은 그가 손을 대는 어떤 일에도 '금전거래소'처럼 쓰일 만큼 확실한 것이었습니다. 말리 영감은 대갈못(옛날 문의 장식용)처럼 죽었습니다.

하지만 주의하세요! 제가 아는 한 대갈못처럼 죽은 것이 특별하게 무엇인지 알고 있다는 말은 아닙니다. 저 자신도 철물 업계에서 가장 죽어라 안 팔리는 대갈못에 대한 이야기를 꺼내고 싶었던 겁니다. 하지만 우리 조상들의 지혜가 이 비유에 담겨 있습니다. 제 불경스러운 손으로 조상님들의 지혜를 건드리고 싶지는 않으며, 만약 건드렸다가는 나라가 망할지도 모릅니다. 그러니 제가 '말리 영감은 대갈못처럼 죽었습니다.'라고 강조해서 다시 한 번 말씀드리는 것을 허락하실 것이라고 믿습니다.

스크루지는 말리가 죽었다는 것을 알았을까요? 물론 알고 있었습니다. 어떻게 모를 수가 있겠습니까? 스크루지와 말리는 몇 년 동안이나 동거했는지 모르겠습니다. 스크루지는 말리의 유일한 유언 집행자, 유일한 관리인, 유일한 양수인, 유일한 유산 상속자, 유일한 친구, 그리고 유일한 상제였습니다. 스크루지조차도 말리의 죽음이라는 슬픈 사건에 대해 크게 상심하지 않았습니다. 오히려 스크루지는 장례식 당일 날 뛰어난 사업 수안을 발휘했고, 의심할 여지없이 확실하게 아주 싼 비용으로 장례식을 치렀습니다.

말리의 장례식에 대한 이야기를 하다 보니, 제가 이야기하고자 했던 것이 무엇인지 생각나서 처음 시작했던 시점으로 다시 돌아가야 하겠습니다. 말리가 죽었다는 것은 의심의 여지가 없습니다. 이 점을 아주 명확히 이해해야 합니다. 그래야만 제가 지금부터 하려는 이야기를 듣고 놀라지 않을 것입니다. 햄릿의 아버지가 〈햄릿〉 공연이 시작되기 전에 돌아가셨다는 것을 우리가 완전히 확신하지 못한다면, 햄릿의 아버지가 밤중에 동풍을 맞으며 성벽 위를 산책하는 것처럼, 어느 다른 중년 신사가 날이 어두워진 후 산들바람이 부는 곳, 예를 들어 세인트 폴 교회 묘지에 무모하게 나가 마음이 약한 자기 아들을 깜짝 놀래키려고 뒤에서 와락 튀어나오는 것보다 그다지 놀라운 일은 아닐 것입니다.

스크루지는 상회의 간판에서 죽은 말리의 이름을 지우지 않았습니다. 몇 년이 훨씬 지났는데도, 상회 문 위에 '스크루지와 말리 상회'라는 간판이 버젓이 그대로 남아 있었습니다. 그 상회는 '스크루지와 말리 상회'로 잘 알려져 있습니다. 사업을 처음 시작하는 사람들은 때때로 스크루지를 '스크루지'라고 부르기도 하고, 때로는 '말리'라고 부르기도 했습니다. 그럴 때면, 스크루지는 두 이름 모두에 대답을 했습니다. 스크루지에게는 어떻게 불리나 별다른 차이가 없기 때문입니다.

아! 그렇지만 스크루지는 맷돌 손잡이를 꽉 움켜쥔 손아귀처럼 돈에 아주 인색한 구두쇠 즉 수전노였습니다. 스크루지! 사람들을 쥐어짜고, 비틀고, 움켜쥐고, 긁어모으는, 탐욕스러운 죄를 많이 지는 늙은이! 부싯돌처럼 단단하고 날카로워서, 어떤 강철로 두들겨 대도 커다란 불똥 하나도 만들어낸 적이 없었습니다. 스크루지는 비밀이 아주 많고, 자기 생각으로만 꽉 차 있어서, 마치 두꺼운 껍질 속에 틀어박힌 굴처럼 아주 고독했습니다. 스크루지의 내면에 들어 있는 냉혹한 냉기는 그의 늙은 얼굴을 더욱 얼어붙게 하고, 뾰족한 코는 더욱 냉랭해 지고, 뺨은 쭈글쭈글 오그라들게 하고, 걸음걸이를 뻣뻣하게 만들었고, 눈을 붉게 충혈시키고, 얇은 입술을 퍼렇게 만들어서 쉰 듯한 거슬리는 목소리로 심술궂게 말하곤 했습니다. 또한 머리와 눈썹, 그리고 뻣뻣한 턱수염에는 서리가 내렸습니다. 스크루지는 항상 자신만의 냉랭함을 몰고 다녔습니다. 그래서 무더운 날에도 사무실을 꽁꽁 얼려 놓았으며, 아무리 크리스마스라고 하더라도 단 1도라도 전혀 냉랭함의 기온을 올려 주는 법이 없었습니다.

외부의 열기와 추위는 스크루지에게 거의 영향을 미치지 못했습니다. 어떤 뜨거운 온기도 스크루지를 따뜻하게 해 줄 수 없었고, 어떤 차가운 겨울 날씨도 스크루지를 벌벌 떨 만큼 차갑게 만들 수 없었습니다. 어떤 휘몰아치는 바람도 스크루지보다 더 매서울 수 없었고, 어떤 펑펑 내리는 눈도 스크루지보다 더 집요함을 다해낼 수 없었으며, 어떤 장대처럼 퍼붓는 폭우도 스크루지보다 더 간청을 거부할 수 없었습니다. 아무리 지독한 악천후라도 스크루지를 어떻게 할 수가 없었습니다. 폭우, 눈, 우박, 진눈깨비조차도 단 한 가지 면에서만 스크루지보다 유리했습니다. 이런 것들은 종종 선심 쓰듯이 후하게 '내렸다는' 것입니다. 그렇지만 절대로 스크루지는 그러는 법이 없습니다.

누구라도 길에서 스크루지를 멈춰 세우고 기쁜 표정으로 "사랑하는 스크루지, 잘 지내시죠? 언제쯤 저희 집에 오실 수 있나요?"라고 물어본 적이 없었습니다. 거지들이 스크루지에게 사소한 것 하나라도 달라고 간청한 적도, 아이들이 몇 시냐고 묻지도 않았고, 평생 그 누구도 스크루지에게 이런저런 곳으로 가는 길을 물어본 적이 없었습니다. 심지어 맹인들의 안내 견들조차 스크루지를 아는 듯했습니다. 스크루지가 오는 것을 보면, 앞 못 보는 주인을 문간이나 마당의 안쪽으로 끌고 가서는 마치 "사악한 눈을 가지고 다니느니 차라리 눈이 없는 것이 나아요, 앞 못 보는 주인님!"이라고 말하는 듯 꼬리를 흔들었습니다.

하지만 무슨 상관이 있었겠습니까! 바로 스크루지가 바라는 삶인 것을! 복잡한 인생의 길을 따라 이리 비집고 저리 비집고 하면서 제 갈 길을 헤쳐 나가면서 살려면, 인간적인 동정심에 거리를 두어야 한다는 것이, 세상의 이치를 아는 사람들이 말하는 "실속"이라고 부르는 것을 스크루지는 믿고 있었습니다.

어느 날, 일 년 중에서도 가장 좋은 날인, 크리스마스이브에 스크루지 영감은 자신의 회계 사무실에 앉아서 바쁘게 쉴 새 없이 일을 하고 있었습니다. 이번 크리스마스이브는 춥고 황량하며 살을 에는 듯한 날씨였습니다. 더욱이 안개까지 아주 자욱했습니다. 건물 밖의 골목길을 오가는 사람들은 몸을 녹이려고 쌕쌕거리며 가슴을 두드리기도 하고, 발로 돌바닥을 동동 구르기도 하고 있었습니다. 시가지의 시계는 겨우 오후 3시를 지났을 뿐이지만 이미 날은 꽤나 어두워졌습니다. 사실은 사무실에는 하루 종일 빛이 들어오지 않았기 때문입니다. 이웃 사무실 창문에서는 마치 선명하게 보이는 갈색 공기 위에 붉은 얼룩이 넘실거리는 듯 촛불이 타오르고 있었습니다. 모든 틈새와 열쇠 구멍으로도 안개가 쏟아져 들어왔으며, 밖은 너무 짙은 안개가 자욱했기 때문에 골목길이 좁았음에도 불구하고 맞은편 집들이 희미하게 마치 환영처럼 보였습니다. 거무스름한 안개구름이 축 늘어져 모든 것을 가리는 것 같은 모습을 보면, 자연의 신이 가까이 살면서 엄청난 양의 안개를 마구 만들어 내고 있는 것 같았습니다.

스크루지의 회계 사무실 문은 조금 열려 있었습니다. 스크루지가 있는 사무실 뒤쪽에 물탱크처럼 음침하고 좁디좁은 골방이라고 해도 무관한 조그만 사무실에서 서류를 베껴 쓰고 있는 서기를 감시하기 위해서 인지도 모르겠습니다. 스크루지가 있는 사무실에 있는 난롯불은 작았지만, 서기가 있는 사무실의 난롯불은 훨씬 더 작아서 마치 석탄 한 개 정도만 넣은 난로 같았습니다. 하지만 스크루지는 석탄이 든 상자를 항상 자기 사무실에 두었기 때문에 서기의 사무실의 난로에는 석탄을 더 채울 수도 없었습니다. 서기가 난로에 석탄을 넣기 위해 부삽을 들고 스크루지가 있는 사무실에 들어오는 순간, 스크루지는 우리는 서로 헤어져야 할 것 같다는 등 고용주로서의 생트집을 잡을 것이 뻔했습니다. 그래서 서기는 하얀 털목도리로 목에 여러 번 친친 감고 촛불로라도 몸을 녹여보려 했지만, 상상력이 풍부한 사람이 아니었기 때문에 그리 신통하지는 않았습니다.

"메리 크리스마스, 외삼촌! 항상 하나님이 함께 하시기를!"

쾌활한 목소리가 외쳤습니다. 바로 스크루지의 조카 목소리였습니다. 조카는 스크루지에게 어찌나 빠르게 들이닥쳤는지, 스크루지는 목소리를 듣고 서야 조카가 가까이 와 있다는 것을 알아챘습니다.

"흥! 엉터리 같으니라고!"

스크루지가 말했습니다.

스크루지의 조카는 안개와 서리가 자욱한 길에서 어찌나 빠른 걸음으로 걸어왔는지 몸이 너무 뜨거워져서 얼굴이 상기되어 있었습니다. 스크루지의 조카는 얼굴에 혈기가 돌고 잘생겼으며, 눈은 반짝였고 입에서는 입김이 하얗게 연거푸 피어오르고 있었습니다.

"크리스마스가 엉터리라고요, 외삼촌! 정말 그런 뜻은 아니시겠죠?"

스크루지의 조카가 말했습니다.

"바로 그런 뜻이다. 메리 크리스마스! 넌 무슨 권리로 즐거워할 수 있냐? 무슨 이유로 즐거워해야 하지? 넌 너무나 가난하잖아."

스크루지가 말했습니다.

"그럼, 좋아요. 외심촌은 무슨 권리로 우울해할 수 있죠? 외삼촌은 무슨 이유로 우울해야 하죠? 외삼촌은 엄청난 부자시잖아요."

스크루지 조카가 쾌활하게 대답했습니다.

스크루지는 그 순간 더 나은 대답을 생각해 낼 수 없었기에, 다시 한 번 소리쳤습니다.

"흥!"

이어서 덧붙였습니다.

"엉터리 같으니라고!"

"너무 화내지 마세요, 외삼촌!"

스크루지 조카가 말했습니다.

"이런 바보들이 가득한 세상에 살면서 내가 화내는 것 말고 뭘

할 수 있겠어?”

스크루지가 대답했습니다.

“메리 크리스마스! 저주스러운 크리스마스! 너에게 크리스마스
란 버는 돈은 없는데 온갖 청구서들의 대금을 지불해야 하고, 한
살 더 먹었는데도 한 시간도 더 벌이가 나아지지 않았고, 일 년
열두 달 수입과 지출을 잘 맞춰본다고 하더라도 장부에 적혀 있
는 모든 항목들이 적자인 때가 아니고 무엇이냐? 내 마음대로 할
수만 있다면,…….”

스크루지가 분개하며 말했습니다.

“‘메리 크리스마스’라는 말을 입에 달고 다니는 바보들은 모두
자기가 만든 푸딩과 함께 펄펄 끓여 삶아서 가슴팍에 호랑가시
나무 말뚝을 박아 땅에 묻어버려야지. 아무렴 그래야지!”

“외삼촌!”

조카가 간곡히 부탁하듯 말했습니다.

“조카!”

스크루지가 엄하게 대답했습니다.

“크리스마스는 네 방식대로 축하하라고, 나는 내 방식대로 알
아서 할 테니까.”

“크리스마스를 축하하라고요! 하지만 외삼촌은 크리스마스를
축하하지 않으시잖아요.”

스크루지의 조카가 되뇌었습니다.

“그럼, 축하 안할 테니까 그냥 내버려 둬. 크리스마스가 네게는

엄청 도움이 되었나보구나! 네게는 톡톡히 도움이 된 모양이야!"

스크루지가 말했습니다.

"세상을 살면서 제게 도움이 되었던 것들이 많을 수도 있지만, 굳이 뭔가를 직접적으로 얻은 것은 아무것도 없다고 감히 말씀드리고 싶어요."

스크루지의 조카가 대답했습니다.

"크리스마스는 특히 제게 도움이 되었던 것 중 하나죠. 크리스마스가 다가오면, 크리스마스가 가지고 있는 어느 한 가지 의미를 별개로 생각할 수 있다손 치더라도, 크리스마스라는 신성한 이름과 유래에 대한 존경심은 차치하고라도, 크리스마스는 항상 좋은 때라고 생각해 왔어요. 친절하고, 용서하고, 자선적이고, 즐거운 때라는 것이죠. 제가 아는 한, 긴 한 해 동안 사람들이 모두 입을 모아 닫혀 있던 마음을 열고, 자신보다 못한 사람들을 마치 무덤으로 가는 동행자처럼, 다른 여정에 묶인 다른 종족처럼 생각하지 않는 유일한 때가 바로 크리스마스라고요. 그러니 외삼촌, 비록 제 주머니에 금이나 은 한 닢도 생긴 적은 없지만, 저는 크리스마스가 제게 좋은 일을 해줬고 앞으로도 좋은 일을 해줄 것이라고 믿어요. 신께서 크리스마스를 축복해 주시기를!"

물탱크처럼 음침한 작은 골방같은 사무실 안의 서기는 자신도 모르게 박수를 쳤습니다. 곧바로 자기의 행동이 부적절했다는 것을 깨달은 서기는 불을 이리저리 들쑤시다가 끝내는 마지막 남은 불꽃마저도 영원히 꺼뜨려 버렸습니다.

"한 번 더 박수를 쳐보시지. 그러면 네 일자리는 잃지만 크리스마스는 지킬 수 있을 거야!"

스크루지가 서기를 보며 말했습니다. 그리고는 조카에게 돌아서며 다시 덧붙였습니다.

"너는 꽤나 대단한 연설을 했구나. 국회에 안 나가는 게 이상하군."

"외삼촌, 화내지 마세요. 내일 저희 집에 오셔서 저녁 같이 드세요!"

스크루지는 조카에게 만나러 가겠다고 '그래, 좀 있다 보자'라고 말했습니다. 네, 정말 그렇게 말했습니다. 스크루지의 표현을 하나도 빠뜨리지 않고 끝까지 옮긴다면, '그래, 좀 있다 보자, 네가 쪽박 차는 꼴을'이라고 말했던 것입니다.

"아니 도대체 왜 그러세요? 왜요?"

스크루지의 조카가 소리쳤습니다.

"결혼은 왜 했니?"

스크루지가 물었습니다.

"사랑에 빠졌으니까요."

"사랑에 빠졌으니까라고!"

스크루지가 마치 메리 크리스마스보다 더 어처구니없는 세상에 단 하나뿐인 일이라도 들은 것처럼 으르렁거렸습니다.

"잘 가!"

"외삼촌은 제가 결혼하기 전에도 절 보러 오신 적이 한 번도 없으셨어요. 그런데 왜 지금 와서 결혼을 핑계로 못 오신다는 건 가요?”

“잘 가라고.”

스크루지가 말했습니다.

“난 외삼촌에게 아무것도 원하지 않아요. 아무것도 요구하지 않아요. 그런데 왜 우리는 친하게 지내지 못하고 으르렁대기만 하는 거죠?”

“잘 가라니까!”

“외삼촌이 그렇게 단호하신 것 같아 진짜 섭섭해요. 지금껏 우린 한 번도 서로 다툰 적이 없어서 크리스마스를 축하하며 말씀드려봤던 거예요. 저는 마지막까지 크리스마스의 기분을 잃지 않을 거예요. 그럼 메리 크리스마스, 외삼촌!”

“잘 가!”

“그리고 새해 복 많이 받으세요.”

“잘 가!”

그럼에도 불구하고 스크루지의 조카는 화난 말 한마디 없이 방을 나갔습니다. 스크루지의 조카는 바깥문에 잠시 멈춰 서서 서기에게 크리스마스 인사를 건넸습니다. 서기는 몸은 얼음장처럼 차가울지는 몰라도 스크루지보다는 따뜻했습니다. 서기도 역시 스크루지의 조카에게 정중하게 크리스마스 인사를 건넸습니다.

“여기 또 다른 한 사람이 있었군. 바보 같은 놈 같으니라고! 주급 15실링에 아내와 가족까지 딸린 서기 주제에, 즐거운 크리스마스 이야기를 하고 있네. 저 놈들 꼴 보기 싫어서라도 내가 은퇴해서 정신병원으로 들어가든가 해야지 원.”

조카와 서기가 나누는 크리스마스 인사말을 우연히 들은 스크루지가 중얼거렸습니다.

스크루지는 조카를 내보내면서 다른 손님 두 사람을 들여보냈습니다. 그들은 풍채가 우람하고 호감 가는 인상의 노신사들이었습니다. 그들은 스크루지의 사무실에 이미 들어서서 모자를 벗고 서 있었습니다. 그들은 손에 장부와 서류들을 든 채 스크루지에게 고개 숙여 인사를 했습니다.

“스크루지와 말리의 상회가 맞는 것 같습니다. 혹시 당신이 스크루지 씨인가요, 아니면 말리 씨인가요?”

한 신사가 그들이 가지고 온 명단을 들여다보며 말했습니다.

“말리 씨는 죽은 지 어느 덧 7년이나 지났소. 7년 전, 바로 오늘 밤에 죽었지.”

스크루지가 대답했습니다.

“고인의 살아 있는 동료가 그분의 관대한 마음을 잘 대변해 주시리라는 것을 의심치 않습니다.”

신사는 신임장을 스크루지에게 내보이며 말했습니다.

분명 그랬습니다. 스크루지와 말리는 서로 죽이 잘 맞는 똑같은 족속이었으니까요. 스크루지는 ‘관대한 마음’이라는 탐탁지 않은 단어에 인상을 찌푸리며 고개를 가로젓고는, 신임장을 돌려

주었습니다.

"스크루지 선생님, 이 즐거운 연말연시에, 현재 극심한 고통을 겪고 있는 가난하고 궁핍한 사람들을 위해 우리가 조금이라도 도움을 주는 것이 바람직하다고 생각합니다. 수천 명의 이웃들이 생필품이 부족하고, 수십만 명의 이웃들이 기본적인 잠자리조차 제공받지 못하고 있는 실정입니다."

신사가 펜을 꺼내 들며 말했습니다.

"감옥은 모두 없어졌소?"

스크루지가 물었습니다.

"감옥이야 참 많죠."

신사가 다시 펜을 내려놓으며 말했습니다.

"그렇다면, 구빈원(과거의 영국: 생활 능력이 없거나 가난한 사람들을 수용하여 구호하는 공적·사적인 시설)은? 아직도 운영되고 있소?"

스크루지가 물었습니다.

"예, 여전히 운영되고 있습니다. 하지만 그렇지 않다고 말씀드릴 수 있었으면 참 좋겠습니다만."

신사가 대답했습니다.

"그럼, 트레드밀(죄수들이 발로 밟아 돌리는 다람쥐 쳇바퀴)과 구빈법이 제대로 활발하게 돌아가고 있다는 건가요?"

스크루지가 말했습니다.

"둘 다 아주 잘 돌아가고 있습니다, 선생님."

"아! 처음에 난 당신이 한 말을 듣고, 그 유익한 사업을 가로막는 어떤 문제가 발생한 것이 아닌가하고 걱정했습니다. 그 말을 들으니 정말 다행이군요."

스크루지가 말했습니다.

"그 유익한 사업들이 대중에게 그리스도교적인 몸과 마음의 기쁨을 거의 제대로 전해주지 못한다는 생각에……, 저희 중 몇몇은 가난한 사람들에게 고기와 술, 그리고 따뜻한 음식을 제공해 줄 기금을 모으고자 노력하고 있습니다. 우리가 크리스마스시기를 선택한 이유는, 다른 어떤 때보다도 가난한 사람들에게는 결핍이 절실히 느껴지고, 부유한 사람에게는 풍요가 더욱 느껴지는 시기이기 때문입니다. 제가 뭐라고 적어 넣으면 좋겠습니까?"

신사가 대답했습니다.

"아무것도 적지 마시오!"

스크루지가 대답했습니다.

"익명으로 하시고 싶으신가요?"

"내가 뭘 원하는지 물으셨으니, 제 대답은 이거요. 난 혼자 있고 싶소. 난 크리스마스 때 내 자신도 즐겁게 놀지도 않거니와, 게으른 사람들을 즐겁게 해 줄만한 여유도 없소. 내가 아까 말한 두 시설들을 지원하는데 나도 충분히 지원하고 있소. 그 비용만으로도 꽤 많이 들어가거든. 형편이 어려운 사람들은 그곳으로 가라고 하면 되는 거요."

스크루지가 말했습니다.

"많은 사람들이 그 시설에 들어갈 수 없고, 그런데 가느니 차라리 죽고 싶어 하는 사람들도 많습니다."

"차라리 죽고 싶다면, 그렇게 하는 게 낫겠지. 과잉 인구를 줄일 수도 있을 테고……. 게다가……, 실례지만, 난 그런 일은 잘 모르겠소."

스크루지가 말했습니다.

"하지만 잘 알고 있을 것도 같은데요.……."

신사가 말했습니다.

"그런 일은 내 알바 아니오. 남의 일에 간섭하지 않고 자기 일만이라도 제대로 한다면 충분하지. 나는 내 일 하느라고도 늘 바쁜 사람이오. 안녕히들 가시오, 신사 양반들!"

스크루지가 대답했습니다.

더 이상 그들의 주장을 계속해봤자 소용없다는 것을 깨달은 신사들은 순순히 물러났습니다. 스크루지는 자신이 생각한 소신을 마음껏 털어놓고 나니 평소보다 더 없이 유쾌한 기분이 들어 다시 자신의 일에 몰두하기 시작했습니다.

그러는 동안 골목길에는 안개와 어둠이 짙게 깔렸고, 사람들은 횃불을 들고 마차를 모는 말들을 잡고 앞에 서서 안내해 주겠다고 이리저리 돌아다니고 있었습니다. 벽에 붙어 있는 고딕 양식의 창문으로 스크루지의 사무실을 향해 늘 교활하게 울려 퍼지던 교회의 오래된 탑도 보이지 않았으며, 칠흑 같은 안개 속에서 15분마다 시각을 알리는 종소리만 투박하게 울려 퍼졌습니다. 이 종소리는 마치 종탑 위에 있는 얼어붙은 머릿속에서 이빨이 딱딱거리며 부딪히는 듯 떨리는 진동이었습니다. 추위는 더욱더 혹독해졌습니다. 큰길 안쪽 모퉁이에서는 일꾼들이 화톳불을 피워놓고 가스관을 수리하고 있었습니다. 화톳불 주위에는 누더기 차림의 남자들과 소년들이 모여 불꽃 앞에서 손을 녹이고 눈을 깜빡이며 황홀경에 빠져 있었습니다. 홀로 내팽개쳐진 소화전은 입구에서 넘쳐흐른 물이 음침하게 얼어붙어 인간을 피하기 위해 얼음판으로 변해버린 듯 했습니다. 호랑가시나무 가지와 열매가 창문의 등불 열기에 바삭바삭하게 타오르는 상점들의 눈부신 불빛은 지나가는 사람들의 창백한 얼굴을 더욱 붉게 물들였습니다. 가금류 파는 정육점과 식료품 잡화점은 흥정과 판매 같은 따분한 원칙들과는 거리가 먼 화려한 농담거리를 주고받는 화려한 야외극을 보는 듯 했습니다. 시장은 으리으리한 저택에서 50명의 요리사와 집사들에게 시장에 걸맞은 마땅히 해야 할 대로 크리스마스를 철저하게 준비하라고 명령했습니다. 심지어 지난 월요일 거리에서 술에 취해 난동을 부려 5실링의 벌금을 물었던 별 볼일 없는 재단사조차도 초라한 다락방에서 내일 먹을 푸딩을 열심히 젖고 있었으며, 그 사이에 그의 깡마른 아내와 아이는 신이 나서 소고기를 사러 밖으로 나갔습니다.

안개는 더욱 짙어지고, 더욱 차가워졌습니다. 살을 에는 듯 하고, 한기가 뼛속을 꿰뚫는 듯한 추위였습니다. 선량한 성자 던스턴(불에 달군 부젓가락으로 악마의 코를 지져서 쫓아냈다는 대장장이의 수호신)이 자기의 익숙한 무기를 사용하는 대신 지금과 같은 매서운 날씨로 악령의 코를 살짝 깨물었더라면, 그는 정말로 더욱 호탕하게 웃어넘길 수 있었을 것입니다. 굶주린 추위에 개들로부터 물어뜯긴 뼈다귀처럼, 허기진 추위에 갉아 먹힌 얄팍한 어린 코 하나를 가진 어린아이가 스크루지를 즐겁게 해주겠다고 스크루지의 회계 사무실 문 앞 열쇠 구멍에 몸을 굽혀 크리스마스 캐럴을 부르기 시작했습니다.

"하나님의 축복이 있기를, 즐거운 신사님!
그대를 실망시킬 아무 것도 없으리니!"

아이가 첫 소절을 부르자마자, 스크루지가 엄청난 손아귀 힘으로 자를 꽉 움켜잡았고, 노래하던 아이는 겁에 질려 안개라기보다는 더욱더 잘 어울리는 서리 속에 열쇠 구멍을 남겨둔 채 도망쳤습니다.

마침내 회계 사무실 문을 닫을 시간이 되었습니다. 스크루지는 매우 못마땅한 심기로 의자에서 내려와 물탱크 같은 작은 골방 사무실 안에서 이때만을 기다리고 있던 서기에게 암묵적으로 퇴근 시간이라는 사실을 알렸습니다. 서기는 즉시 촛불을 끄고 모자를 눌러 썼습니다.

"내일은 하루 종일 쉬고 싶겠지?"

스크루지가 말했습니다.

"사장님만 괜찮다면, 그랬으면 좋겠습니다."

"괜찮을 리가 없지, 불공평해. 하루 쉬는 대가로 내가 자네 월급에서 반 크라운을 깎는다면, 자네는 아주 억울하다고 생각할 거야, 그렇지 않나?"

스크루지가 말했습니다.

서기는 보일 듯 말 듯 입가에 애매한 미소를 지었습니다.

"하지만, 내가 일하지 않는 하루치도 빼지 않고 급여로 지불한다고 해도, 자넨 내가 억울해 할 거라고 생각하지는 않을 테지."

스크루지가 말했습니다.

서기는 그런 날은 일 년에 딱 한 번뿐이라고 말했습니다.

"매년 12월 25일마다 남의 주머니를 털다니, 그건 너무도 구차한 핑계야!"

스크루지가 두툼한 코트의 단추를 턱까지 채우며 말했습니다.

"하지만 그래도 자넨 하루 종일 쉬어야 한단 생각이겠지. 그 대신 다음 날 아침엔 그만큼 더 일찍 출근하도록 해!"

서기는 그러겠다고 약속했고, 스크루지는 씩씩거리며 나갔습니다. 서기는 사무실 문을 순식간에 잠갔고, 두툼한 코트가 없음을 자랑하려는 것처럼 하얀 목도리의 긴 쪽을 허리 아래로 죽 늘어뜨린 채 크리스마스이브를 기념하며 콘힐(주: 런던의 세 개의 고대 언덕 중 하나. 런던탑이 있던 타워 힐과 세인트 폴 대성당이 있는 러드게이트 힐이 다른 두 개의 언덕)에서 미끄럼틀을 타려고 길게 줄서 있는 아이들의 꼬리에 바짝 들러붙어서 눈 덮인 언덕길을 스무 번이나 내려갔습니다. 그리고는 까막잡기(한 명의 아이가 술래가 되어 헝겊으로 자기 눈을 가리고 다른 참여자를 잡는 놀이, 술래잡기와 유사하며 소경놀이라고도 함)를 하려고 있는 힘을 다해 캠든타운(런던 캠든 자치구에 있는 지역으로 차링 크로스에서 북북서쪽으로 약 4km 떨어져 있다.)으로 달려갔습니다.

스크루지는 평소와 다름없이 항상 찾아 가는 우울한 선술집에서 우울한 저녁 식사를 하고, 모든 신문들을 다 읽은 다음, 남은 저녁 시간을 은행 금전출납부를 뒤적이면서 무료한 시간을 보내고 나서 잠자리에 들기 위해 집으로 향했습니다. 그는 이미 오래전에 고인이 된 동료의 소유였던 독신자용 아파트에 살고 있었습니다. 각각의 방들은 마치 숨 막힐 듯 음산한 건물의 어두운 곳에 암울하게 연속적으로 들어서 있었습니다. 그곳은 원래 건물이

들어설 자리가 아니었는데도 이 건물이 들어선 것은 이 아파트가 오래전 어린이 건물이었을 때 다른 집들과 숨바꼭질을 하다가 길을 잃고 여기 남게 된 것은 아닌가 하는 상상을 할 수밖에 없습니다. 이제 이 아파트는 너무 오래되어 많이 낡고 음산하여, 스크루지 빼고는 아무도 살고 있지 않았습니다. 그 외의 다른 모든 방들은 사무실로 임대되어 있었습니다. 마당은 너무나 어두워서 이 아파트에 있는 돌멩이 하나하나까지 꿰차고 있는 스크루지조차도 손으로 더듬으면서 가야 했습니다. 안개와 서리가 그 검고 오래된 아파트의 문간에 드리워져 있어서, 마치 날씨의 정령이 문턱에 앉아 슬픈 명상에 잠긴 듯 보였습니다.

그건 그렇고, 아파트 문간에 걸려 있는 문 두드리는 문고리가 매우 크다는 것 외에는 특별한 것이 전혀 없는 것이 사실입니다. 스크루지가 그곳에 머무르는 동안 밤낮으로 문 두드리는 문고리를 보았다는 것도 사실입니다. 또한 스크루지는 런던 시의 어떤 사람―심지어 대담한 단어인 도시 자치 운영 위원단, 부시장, 동업 조합원도 포함해서―들과 다름없이 상상력이라는 것을 좀처럼 찾아볼 수조차 없는 사람입니다. 또한 스크루지는 7년 전 오늘 오후에 죽은 동료 말리에 대해 마지막으로 언급한 이후로 말리에 대해 한 번도 생각하지 않았다는 점도 명심해야 합니다. 그리고는, 할 수 있다면, 누구든지 스크루지가 열쇠를 문 자물쇠에 꽂고 있었는데, 중간에 바뀌는 어떤 과정을 거치지 않고서 문 두드리는 문고리를 보았을 때, 어떻게 문 두드리는 문고리가 아니라

말리의 얼굴을 보게 되었는지 설명해 주실 수 있는 분은 내게 설
명을 부탁드립니다.

　　말리의 얼굴은 마당의 다른 물체들처럼 뚜렷하게 구분할 수 없
는 그림자 속에 파묻혀 있지 않고, 오히려 마치 캄캄한 지하실에
있는 상한 바닷가재처럼 음침한 빛을 띠고 있었습니다. 화가 나거
나 사납게 보이지는 않았지만, 마치 스크루지를 바라보던 이전의
말리처럼, 유령 같은 이마 위로 올린 유령 같은 안경을 걸치고서
스크루지를 바라보았습니다. 머리는 숨결이나 뜨거운 공기에 의
해 불린 듯 이상하게 흩어져 있었고, 눈은 크게 부릅뜨고 있었지
만 전혀 움직임이 없었습니다. 바로 그 점이 창백한 색조와 함께
말리의 얼굴을 무섭게 만들었지만, 공포감은 오히려 얼굴 그 자체
에서 뿜어내는 일부분이라기보다는 얼굴과 무관하게 뭔가 존재

하는 그 자체만으로도 살아 움직이는 것처럼 보였습니다.

스크루지가 이 현상을 뚫어지게 바라보는 사이에, 그것은 다시 문 두드리는 문고리가 되었습니다.

스크루지가 놀라지 않았다거나, 그의 피가 어릴 때부터 지금까지 전혀 느껴보지 못한 낯선 끔찍한 감각을 의식하지 못했다고 말하는 것은 거짓말일 것입니다. 그러나 스크루지는 자신이 엉겁결에 놓쳤던 열쇠에 손을 다시 얹고 열쇠를 자물쇠에 꽂아 힘차게 돌리고 집 안으로 들어가 촛불을 켰습니다.

스크루지는 문을 닫기 전에 잠시 멈춰 서서 망설였습니다. 혹시나 말리의 땋아서 늘어뜨린 머리카락이 복도 쪽으로 삐져나와 있어서 놀라게 되기를 반쯤은 기대하는 것처럼 조심스럽게 뒤를 돌아보았습니다. 그러나 문 뒤에는 문 두드리는 문고리를 고정하는 나사를 제외하고는 아무것도 없었습니다. 그러자 스크루지는 "속임수야, 속임수!"라고 중얼거린 뒤 세게 문을 '쾅' 닫았습니다.

문 닫는 소리는 우레와 같이 집 안 전체에 아주 크게 울려 퍼졌습니다. 위층의 모든 방과 아래층 와인 상인의 지하 저장고에 있는 모든 와인 통들이 각기 저마다의 소리로 메아리쳐 보내는 것 같았습니다. 스크루지는 이런 메아리에 겁을 집어 먹을 사람이 아니었습니다. 스크루지는 문을 잠그고, 느린 걸음으로 촛불을 다듬으면서 복도를 가로질러 계단을 올라갔습니다.

여러분은 형편없는 성숙되지 못한 법안을 의회에서 통과시키는 것이나 오래된 낡은 계단을 여섯 마리의 말이 끄는 마차를 몰고 올라가는 것에 대해 막연하게 이야기할 수도 있습니다. 그러나 제가 말하고자 하는 것은, 여러분이 그 계단으로 영구차를 벽 쪽에 가로대를 두고 난간 쪽으로 문을 향하게 하면서 옆으로 돌려서 올릴 수 있다는 것입니다. 그것도 아주 쉽게 할 수 있었습니다. 그곳은 그만큼 널찍하고, 공간도 충분했습니다. 아마도 이런 이유 때문에 스크루지가 어둠 속에서 자신 앞에 영구차가 지나가는 것을 본 것처럼 느꼈을 지도 모르겠습니다. 길거리에 있는 여섯 개의 가스등을 뽑아서 비춘다고 할지라도 계단 입구를 충분히 밝히지는 못했을 정도라니! 스크루지가 촛불 하나를 들고 계단을 올라가려고 했으니 아주 어두웠다고 충분히 생각할 수 있을 것입니다.

스크루지는 그것에 대해 조금도 신경 쓰지 않고 계단을 올라갔습니다. 어둠은 돈을 적게 들게 하기 때문에, 스크루지는 워낙 어둠을 좋아했습니다. 하지만 스크루지는 자기 방의 무거운 문을 닫기 전에, 모든 것이 이상이 없는지, 제자리에 있는지 확인하기 위해 방을 돌아다니며 일일이 확인했습니다. 스크루지는 아까 본 말리의 얼굴이 떠올랐기 때문입니다.

거실, 침실, 잡동사니를 넣어두는 창고, 모두 원래의 제자리대로 정돈되어 있습니다. 탁자 아래에도, 소파 아래에도 아무도 없습니다. 벽난로에는 작은 불이 피워져 있으며, 숟가락과 대접이 준비되어 있고, 벽난로 선반 위에는 귀리죽이 들어 있는 작은 냄비가 올려져 있습니다(스크루지는 감기에 걸려 있었습니다). 침

대 아래에도, 벽장 안에도, 수상한 모습으로 벽에 걸려 있는 그의 의복에도 아무도 없습니다. 잡동사니가 들어 있는 창고도 평소와 다름없습니다. 오래된 쇠로된 벽난로 울타리, 낡은 신발들, 두 개의 생선 바구니, 삼발이 세면대, 그리고 장작집게 하나도 평소와 다름없이 아무 이상이 없습니다.

매우 만족한 스크루지는 방문을 닫고 걸었는데, 평소의 그답지 않게 오늘은 이중으로 걸어 잠갔습니다. 이렇게 놀라지 않도록 철저하게 만반의 준비를 한 스크루지는 이제야 스카프를 풀었습니다. 스크루지는 잠옷을 입고, 슬리퍼를 신고, 그리고 취침용 모자를 썼습니다. 그리고는 귀리죽이나 좀 먹으려고 난롯불 앞에 앉았습니다.

난롯불은 너무나 작은 불꽃이어서, 이렇게 매서운 혹독한 밤에는 전혀 도움이 되지 못했습니다. 스크루지는 그 작은 불꽃이라도 가까이에 다가 앉아 불쪽으로 몸을 숙여서야 비로소 그 작은 장작더미에서 그나마 약간의 따스함을 느낄 수 있었습니다. 벽난로는 아주 오래되었고, 어떤 네덜란드 상인이 만든 것으로, 성경을 묘사하도록 고안된 독특한 네덜란드 타일로 주위가 잔뜩 깔려 있었습니다. 타일에는 카인과 아벨, 파라오의 딸들, 시바의 여왕들, 깃털 이불 같은 구름을 타고 내려오는 하나님의 사자들인 천사들, 아브라함, 벨샤자르, 아주 조그만 배를 타고 바다로 나가는 사도들 등 수백 명의 인물들이 그려져 있어 스크루지의 생각을 사로잡기에 충분했습니다. 그러나 바로 그때, 7년 전에 세상을 떠난 말리의 얼굴이 마치 고대 예언자의 지팡이처럼 다가와 그 모든 것을 집어삼켜버렸습니다. 만약 처음부터 각 매끄러운 타일이 아무 무늬가 없어서, 스크루지의 종잡을 수 없는 생각의 조각들로 어떤 그림을 그려낼 수 있는 힘이 있었다면, 아마 모든 타일의 각각에 오래전 죽은 말리의 머리만 그려졌을 것입니다.

"속임수야!"

스크루지가 말하며 방을 가로질러 왔다 갔다 했습니다.

방 안을 여러 번 왔다 갔다 한 끝에 스크루지는 다시 의자에 앉았습니다. 스크루지가 의자의 등받이에 몸을 기대며 머리를 젖히자, 우연히 방에 걸려 있는 오래도록 사용하지 않은 종이 시선에 들어왔습니다. 이 종은 이제 잊힌 어떤 목적을 위해 건물 가장 높은 층의 방과 연락하기 위해 사용되었던 것입니다. 스크루지가 매우 놀랍고 설명할 수 없는 기이한 두려움을 느끼면서 바라보던 중, 그 종이 갑자기 흔들리기 시작하는 것을 보았습니다. 처음에는 매우 부드럽게 흔들려 거의 소리가 나지 않았지만, 점점 더 크고 명확하게 울리기 시작하더니 급기야는 집안의 모든 종들도 함께 울리기 시작했습니다.

종이 울리기 시작한지는 아마도 30초나 1분 정도 지났을지 모르겠지만, 스크루지에게는 마치 한 시간 이상 지난 것처럼 느껴졌습니다. 종소리는 시작할 때와 마찬가지로 동시에 모두 멈추었습니다. 그 뒤를 이어 저 깊은 아래쪽에서 묵직한 쇠사슬이 철거덕거리는 소리가 들려왔습니다. 마치 어떤 사람이 포도주 상인의 지하 저장고에서 술통 위로 큰 쇠사슬을 끌고 다니는 것 같았습니다. 그 순간, 스크루지는 유령이 출몰하는 집에서 유령이 사슬을 끌고 다닌다는 이야기를 들은 적이 있다는 것이 떠올렸습니다.

지하실 문이 '쾅' 소리와 함께 갑자기 열리더니, 좀 전의 쇠사슬 끄는 소리가 아래층에서 훨씬 더 크게 들렸습니다. 그러더니 그 소리는 계단을 타고 올라와 마침내 스크루지의 방문 쪽으로 곧장 다가왔습니다.

"여전히 속임수일 뿐이야! 난 안 속는다, 안 속아."

스크루지가 말했습니다.

그러나 순간의 망설임도 없이 그 소리의 주인이 무거운 방문을 뚫고 들어와 방을 가로질러 스크루지의 바로 눈앞에 이르렀을 때, 스크루지의 얼굴빛은 새파랗게 변했습니다. 그 소리의 주인이 들어오자, 꺼져 가던 불꽃이 마치 다음과 같이 외치는 듯이 한순간 솟구쳤습니다.

"나는 그를 알아요. 바로 말리의 유령이에요!"

그리고는 불꽃은 도로 꺼지려는 듯 사그라들었습니다.

똑같은 얼굴, 바로 똑같은 모습. 땋은 꽁지머리에 평소에 입던 조끼와 긴 양말에 부츠를 신고 있는 말리였습니다. 부츠의 장식 술은 그의 땋은 꽁지머리처럼 곤두서 있었고, 코트 깃과 머리카락 또한 그러했습니다. 말리가 끌고 다니는 사슬은 허리를 꽉 조이고 있었으며, 길고 긴 꼬리처럼 말리의 몸을 친친 휘감고 있었습니다. 스크루지가 사슬을 자세히 관찰해보니, 그 사슬에는 현금금고, 열쇠, 자물쇠, 장부, 증서, 그리고 강철로 만들어진 무거운 지갑 등이 매달려 있었습니다. 유령은 투명하여, 스크루지는 그를 바라보며 조끼를 통해 그의 등 쪽에 달려 있는 두 개의 단추까지 똑똑히 볼 수가 있었습니다.

스크루지는 다른 사람들로부터 말리가 얼 빠진 놈이라는 말을 자주 들었지만, 지금까지 그 말을 믿지는 않았습니다.

아니, 스크루지는 지금도 그것을 믿지 않고 있었습니다. 스크루지는 유령을 샅샅이 살펴보고 그것이 자신 앞에 서 있는 것을 눈으로 똑똑히 보고 있음에도 불구하고, 그 극심한 죽음을 느끼게 하는 유령의 시선이 주는 오싹한 공포를 느꼈음에도 불구하고, 이전에는 전혀 본적이 없는 유령의 머리와 턱에 동여매져 있는 붕대의 질감까지 똑똑히 살펴보았음에도 불구하고, 여전히 자신의 눈을 믿지 못하겠다는 듯 자신의 감각과 싸우고 있었습니다.

"이보게, 어찌 된 일인가! 나에게 무엇을 원하나?"

스크루지가 늘 그렇듯 신랄하고 차갑게 말했습니다.

"원하는 거야 많지!"

분명히 말리의 목소리였습니다.

"당신은 누구야?"

"내가 누구였었는지를 물어봐야지."

"그래 그럼, 당신은 누구였소? 환영치고는 참 까다롭군."

스크루지가 목소리를 높이며 말했습니다. 스크루지는 원래 '환영 주제에'라고 말하려고 했지만, 적절하지 않다고 생각하여 이렇게 바꾼 것입니다.

"살아있을 때, 나는 자네의 동업자였지, 제이콥 말리라고."

"앉을 수 있겠나?"

스크루지는 의심스러운 눈으로 그를 바라보며 물었습니다.

"그럼. 당연하지."

"그렇다면 앉게나."

스크루지가 앉을 수 있는지 물은 까닭은 그렇게 투명한 유령이 과연 의자에 앉을 수 있는 상태인지 알지 못했기 때문이며, 만약 불가능하다면 이러쿵저러쿵 변명을 하면서 쩔쩔매는 난처한 처지에 놓이게 되어 유령이 어떻게 설명을 할지 호기심이 생겼기 때문입니다. 그러나 유령은 마치 아주 익숙한 듯이 벽난로 맞은편 의자에 앉았습니다.

"자네는 나의 존재를 믿지 않는군."

유령이 말했습니다.

"그렇다네."

스크루지는 말했습니다.

"자네의 감각이 느끼고 있는데도, 내가 실제로 존재한다는 것을 증명해야 한다는 말인가?"

"모르겠네."

스크루지가 대답했습니다.

"왜 자네 자신의 감각을 의심하나?"

"왜냐하면, 아주 작은 사소한 일이이라도 감각에 영향을 미치기 때문이지. 위장에 약간의 탈만 나더라도 감각은 속아너머가거든. 자네는 소화되지 않은 쇠고기 조각, 겨자 얼룩, 치즈 부스러기, 덜 익은 감자 조각일 수도 있단 말이네. 자네가 무엇이든, 자네에게서는 무덤보다는 그레이비(고기를 익힐 때 나온 육즙에 밀가루 등을 넣어 만든 소스)와 더 관련이 많을 거란 말이지!"

스크루지가 말했습니다.

스크루지는 원래 농담을 즐겨 하는 성격이 아니었으며, 마음속으로도 결코 웃기는 기분도 아니었습니다. 사실 스크루지는 두려움을 억누르기 위한 수단으로 자신의 주의를 좀 돌려보려고 재기 넘치게 똑똑해지려한 것뿐이었습니다. 유령의 목소리가 스크루지의 뼈 속 깊은 곳까지 덜덜 떨게 만들었기 때문입니다.

스크루지는 그 고정된 유리알 같은 흐리멍덩한 두 눈을 응시하고 있노라면, 잠시라도 아무 말도 하지 않고 앉아 있다가는 자신에게 정말 끔찍한 일이 벌어질 것만 같았습니다. 유령 그 자체에 깃들어 있는 지옥 같은 분위기는 더욱 무서운 무엇인가가 있었습니다. 스크루지는 그것을 직접 느낄 수는 없었지만, 분명한 사실이었습니다. 유령이 꼼짝하지 않고 가만히 앉아 있음에도 불구하고, 그 머리카락과 치마, 장식 술들은 마치 오븐에서 새어 나오는 뜨거운 수증기처럼 흔들리고 있었습니다.

"이 이쑤시개 보이나?"

스크루지는 방금 말한 이유로 재빨리 다시 질문하며 말했습니다. 단 한 순간이라도 시체 같은 유령의 시선을 자신에게서 돌리고 싶었기 때문입니다.

"그래."

유령이 대답했습니다.

"자넨 이것을 제대로 보고 있지도 않잖은가."

스크루지가 말했습니다.

"그럼에도 불구하고 말일세, 나는 그것이 보인다네."

유령이 말했습니다.

"그렇다면 좋아! 내가 이걸 삼키기만 한다면, 내 남은 생애는 내 머릿속에서 만든 마귀들의 군단에게 괴롭힘을 당하면서 사는 수밖에 없겠군. 헛소리야, 정말 헛소리를 하고 있다고!"

스크루지가 대답했습니다.

이 말에 유령은 무서운 비명을 지르고, 너무나 음울하고 소름 끼치는 소리와 함께 쇠사슬을 마구 흔들어 댔습니다. 스크루지는 정신을 놓지 않으려고 의자를 꽉 붙잡았습니다. 그러나 유령이 마치 실내에서 하고 있기에는 너무 덥다는 듯이 머리에 감은 붕대를 풀어내자마자 아래턱이 가슴 위로 '툭' 떨어졌을 때 스크루지의 공포심은 아주 극에 달했습니다!

스크루지는 무릎을 꿇고 얼굴 앞에 두 손을 깍지 끼고 모아서 얼굴을 가렸습니다.

"자비를! 무서운 유령이여, 어찌하여 나를 이리도 괴롭히는

가?”

스크루지가 말했습니다.

“이 세속적인 마음을 가진 인간아! 너는 나의 존재를 믿느냐, 아니 믿느냐?”

유령이 대답했습니다.

“믿는다고, 반드시 그래야만 하겠군. 그런데 왜 유령이 이승을 돌아다니고, 또 왜 나를 찾아 온 것인가?”

스크루지가 말했습니다.

“모든 인간에게 요구되는 바, 자기 내면의 영혼이 동료 인간들 사이를 돌아다니며, 널리 여행을 해야 하는 법이거든. 그런데 만약 그 영혼이 생전에 여행을 하지 못한다면, 죽은 후에라도 그렇게 하도록 저주받게 되지. 세상을 떠돌아다닐 수밖에 없는 것이지. 아, 슬픔이여! 그저 떠돌아다니면서 함께 나눌 수 없는 것을 보기만 할 수밖에 없다는 운명이라니! 이승에서 함께 나누었더라면, 행복으로 바꿀 수 있었던 것을!”

유령이 대답했습니다.

유령은 다시 탄식하듯이 외치며, 쇠사슬을 흔들고 어렴풋이 보이는 그림자 같은 두 손을 고통스러워하며 비틀었습니다.

“자네는 쇠사슬에 묶여 있네. 이유를 말해 줄 수 있나?”

스크루지는 덜덜 떨며 말했습니다.

“살아 있는 동안 내가 만들어낸 사슬이라네. 나는 그것을 한 고리 한 고리, 1야드 1야드마다 만들었지. 그리고 내 스스로 그 사슬을 허리에 두르며, 내 스스로 그것을 몸에 걸치고 있는 거네. 이 모습이 자네에게는 낯선가?"

유령이 대답했습니다.

스크루지는 점점 더 덜덜 떨기 시작했습니다.

"혹시, 자네 자신이 지고 있는 강한 사슬의 무게와 길이가 얼마나 되는지 알고 싶은가? 그것은 7년 전 크리스마스이브 때 정확히 이만큼의 무게와 길이었다네. 그 후로도 자네는 계속해서 열심히 만들어오고 있지. 아마도 지금은 매우 무거운 쇠사슬이 되어 있을 걸세!"

유령이 이어 말했습니다.

스크루지는 자신 주변의 바닥을 둘러보며, 가늠하여 약 90~100미터 정도의 쇠사슬이 자신의 몸을 둘러싸고 있을 것이라고 생각했으나, 아무것도 보이지 않았습니다.

"제이콥, 늙은 제이콥 말리여!, 나에게 더 이야기해 주게. 나에게 위로의 말을 더해 주시게, 제이콥!"

스크루지가 간청하듯 말했습니다.

"자네에게 위로의 말을 해 줄 게 없네. 그것은 전혀 다른 영역에서 오는 것이라네, 에비니저 스크루지. 자네와는 다른 영역의 사람들에 의해 자네와는 다른 종류의 사람들에게 전달되는 것이거든. 자네가 원하는 것을 내가 말해 줄 수 있을지도 알 수가 없어. 나에게 허락된 시간은 아주 조금뿐이라네. 나는 쉬지도, 머무르지도, 어디에서든 오래 머물 수도 없다네. 내 영혼은 살아 있을 때 결코 우리 회계 사무실을 벗어나 본 적이 없고-내 말을 명심하게!-내 영혼은 우리의 좁은 환전소 구역의 한계를 떠나서 떠돌아 본 적이 없었어. 그런 이유로 지금 내 앞에는 진저리나는 고달픈 여정만이 놓여 있었네!"

유령이 대답했습니다.

스크루지는 사려 깊은 생각에 잠길 때면 항상 손을 바지 주머니에 찔러 넣는 습관이 있었습니다. 스크루지는 지금 여전히 눈을 들지도 않고 무릎을 꿇고 일어나지도 않은 채, 유령이 한 말을 곰곰이 생각해 보고 있었습니다.

"그동안 정말 아주 천천히 돌아다녔나보군, 제이콥."

스크루지의 말에는 겸손과 존중을 담고는 있었지만, 다분히 비즈니스적인 태도였습니다.

"'천천히'라고!"

유령이 되뇌며 말했습니다.

"죽은 지 7년 동안, 그동안 계속 돌아다녔다고!"

스크루지가 곰곰이 생각하며 혼잣말로 중얼거렸습니다.

"줄곧, 쉼도 없고, 평화도 없고. 끊임없는 후회와 고통뿐이었지."

유령이 말했습니다.

"빠르게 돌아다녔나?"

스크루지가 말했습니다.

"바람의 날개를 타고 열심히 돌아다녔지."

유령이 대답했습니다.

"7년 동안 상당히 많은 곳을 돌아다녔겠군."

스크루지가 말했습니다.

유령은 이 말을 듣고 또다시 울음을 터뜨리며, 밤의 고요 속에서 쇠사슬을 끔찍하게 달가닥거리게 하였습니다. 이런 끔찍한 소리가 얼마나 컸던지 야경꾼이 고의적인 소란 죄로 고발한다고 해도 말릴 수가 없을 정도였습니다.

"오! 사로잡히고, 얽매이고, 쇠사슬로 이중으로 감겨 있는 이 몸."

유령이 외쳤습니다.

"불멸의 존재들이 끊임없는 노동을 해야 하는 그 긴 시간을 미처 알지 못했지. 이 세상에서의 선함을 미처 모두 깨닫기도 전에 영원의 세상으로 넘어가야 했다니. 이 세상에서 친절하게 일하는 그리스도인의 영혼이라고 하더라도, 그것이 무엇이든 마땅히 해야 할 선한 일이 너무도 많기에, 인간의 유한한 삶이 그 광대하고 유용한 수단으로 사용하기에는 너무도 짧다는 사실을 깨닫지 못했다니! 한 번뿐인 삶의 기회를 잘못 써 버린 걸 아무리 후회한다고 발버둥 쳐봐야 아무 소용이 없다는 걸 깨닫지 못했다니! 그런데, 그게 바로 나였네! 아! 내가 바로 그랬네!"

"하지만 제이콥, 자넨 항상 사업 수완이 뛰어난 사람이었지."

스크루지는 말을 더듬으며 이제 이 점을 자신 스스로에게도 적용하기 시작했습니다.

"사업이라!"

유령은 다시 손을 비비며 소리쳤습니다.

"인류야말로 나의 사업의 대상이었지. 공익은 나의 사업이었고, 자선, 자비, 관용, 그리고 자선심 모두가 나의 사업이었지. 내가 한 거래는 나의 사업이라는 광범위한 바다 속의 한 방울의 물방울에 지나지 않아!"

유령은 마치 쇠사슬이 모든 헛된 슬픔의 원인이라도 되는 듯, 팔을 뻗어 쇠사슬을 들어 올린 뒤, 다시 힘껏 땅에 내던졌습니다.

"1년이라는 시간 중 이 시기에, 나는 가장 큰 고통을 겪는다네. 왜 나는 고개를 숙인 채 불행한 이웃 사람들의 사이를 못 본 척

걸었고, 왜 나는 그 가난한 집으로 동방박사들을 이끈 그 거룩한 별을 한 번도 올려다보지 않았던가! 별빛이 나를 인도할 가난한 집들이 없었던 것일까!"

유령이 말했습니다.

스크루지는 유령이 이런 식으로 계속 이야기하는 것을 듣고 크게 당황했고, 몸을 사시나무 떨 듯 떨기 시작했습니다.

"내 말을 잘 듣게! 나의 시간은 이제 거의 다 되어간다네."

유령이 외쳤습니다.

"그러지, 하지만 나를 심하게 대하지는 말게! 화려하게 너무 과장대개 부풀리지도 말고, 제이콥! 간절히 바라네!"

스크루지가 말했습니다.

"내가 자네 앞에 볼 수 있는 형상으로 나타나게 된 이유를 말하지는 않겠네. 나는 셀 수 없이 많은 날을 자네가 볼 수 없는 모습으로 자네 곁에 앉아서 지켜보고 있었어."

그 말은 듣기에 달가운 소리는 아니었습니다. 스크루지는 몸서리를 치며 이마에 맺힌 땀을 닦았습니다.

"그 일은 나의 속죄 중에서도 그리 가벼운 부분이 아니야."

유령이 계속해서 말했습니다.

"오늘 밤 나는 자네에게 경고하기 위해 여기에 와있는 거라네. 자네는 아직 나의 운명을 피할 수 있는 기회와 희망이 있어. 내가 자네에게 제공하는 기회와 희망 말이네, 에비니저."

"자네는 항상 나에게 좋은 친구였지, 고맙네!"

스크루지가 말했습니다.

유령은 말을 이어갔습니다.

"자네는 세 유령을 만나면서 계속 괴로움을 겪게 될 것이네."

스크루지의 얼굴 표정은 거의 유령의 그것만큼이나 어두워졌습니다.

"그것이 자네가 말한 기회와 희망인가, 제이콥?"

스크루지가 떨리는 목소리로 물었습니다.

"그렇다네."

"나…나는 차라리 만나지 않는 편이 낫겠네."

스크루지가 말했습니다.

"그들을 만나보지 않고서는, 내가 걸어온 길을 피할 수가 없다네. 내일 새벽 1시에 종이 한 번 울릴 때, 첫 번째 유령이 나타날 걸세."

유령이 말했습니다.

"한 번에 다 만나서 처리하고 끝낼 수는 없을까, 제이콥?"

스크루지가 넌지시 물어보았습니다.

"다음 날 밤 같은 시간에 두 번째 유령이 나타날 걸세. 다음 날 밤 열두 시를 알리는 종소리가 울려 퍼진 후, 그 떨림이 사라질 때쯤 마지막으로 세 번째 유령이 나타날 걸세. 그리고는 더 이상 나를 보지 못할 걸세, 자신을 위해 우리 사이에 나눈 이야기들을 반드시 명심해야 하네!"

그 말들을 하고 나자, 유령은 탁자에서 붕대를 가져와 이전과 같이 머리에 두르고 있었습니다. 스크루지는 유령이 붕대로 턱을 조였을 때, 위아래의 턱이 맞물리면서 이빨이 갈리는 듯 날카로운 소리를 듣고서야 무엇을 하고 있는지 알 수 있었습니다. 스크루지가 다시 용기를 내어 눈을 들어 보았을 때, 초자연적인 방문객이 팔에 쇠사슬을 칭칭 감고서 꼿꼿하게 선 자세로 자신과 마주하고 있었습니다.

유령은 스크루지에게서 뒷걸음질 치며 점점 멀어져갔고, 한 걸음 한 걸음 내디딜 때마다 창문이 조금씩 올라가더니 마침내 유령이 창문에 이르렀을 때 창문이 활짝 열려 있었습니다.

유령은 스크루지를 다가오라고 손짓을 했고, 스크루지는 시키는 대로 움직였습니다. 두 사람이 서로 두 걸음 정도의 거리에 이르렀을 때, 말리의 유령은 손을 들어 더 이상 다가오지 말라고 경고했습니다. 그래서 스크루지는 그대로 멈춰 섰습니다.

스크루지가 말리의 유령이 시키는 대로 한 까닭은 순순히 따른다기보다는 오히려 놀라움과 두려움에서 비롯된 것이었습니다. 말리의 유령이 손을 들어 올리는 순간, 스크루지는 공중에서 엉킨 듯한 혼란스러운 소음들이 들려왔고, 일관성 없는 통탄과 후회의 소리들, 이루 말할 수 없이 슬프고 자책하는 듯한 애닮은 노랫소리들을 들을 수 있었습니다. 말리의 유령은 잠시 귀를 기울여 듣고 난 뒤, 슬픈 장송곡을 따라 부르며, 황량하고 어두운 밤하늘로 둥둥 떠올라 사라져 갔습니다.

스크루지는 호기심을 억누르지 못하고 창문 쪽으로 따라갔습니다. 그리고는 창문 밖을 내다보았습니다.

허공에는 유령들로 가득 차 있었고, 이리저리 불안하게 서성이며 지나가면서 신음 소리를 내고 있었습니다. 그들 모두는 말리의 유령처럼 쇠사슬을 두르고 있었고, 일부는 (아마도 죄를 지은 정부의 관리인들일지도 모릅니다.) 서로 쇠사슬로 연결되어 있어서, 어느 유령도 자유로울 수가 없었습니다. 그중의 많은 유령들은 생전에 스크루지와 개인적으로 알고 지낸 사이였습니다. 스크루지는 그중의 한 하얀 조끼를 입은 늙은 유령과 무척 잘 알고 지낸 친숙한 사이였는데, 그 유령은 발목에 거대한 철로 된 금고를 매달고 있었으며, 아래 현관 계단을 내려다보며 불쌍한 아기를 안고 있는 여인을 도우려 했지만 도울 수 없어서 비통하게 울고 있었습니다. 그 유령들 모두의 비극은 분명히 그들이 인간사를 선의로써 간섭하고 싶었지만, 이제는 영원히 그럴만한 힘을 잃어버렸다는 점에 있었습니다.

이 유령들이 안개 속으로 사라졌는지, 아니면 안개가 유령들을 뒤덮었는지 스크루지는 알 수가 없었습니다. 그러나 유령들과 그들의 영혼의 목소리는 함께 사라졌고, 어느새 어두운 밤은 스크루지가 집으로 걸어올 때와 똑같은 모습으로 되돌아와 있었습니다.

스크루지는 창문을 닫고, 유령이 들어온 문을 살펴보았습니다. 문은 이중으로 잠겨져 있었고, 스크루지는 자신의 손으로 직접 잠근 것이었으며, 빗장도 전혀 풀리지 않았습니다. 스크루지

는 '속임수군!'이라고 말하려 했으나 첫 마디에서 말을 멈추었습니다. 그리고는 자신이 겪은 격한 감정, 갑자기 밀려온 하루의 피로, 보이지 않는 세계를 잠깐 엿본 경험, 유령과의 지루한 대화, 혹은 시간이 늦은 탓인지는 모르겠지만 절실하게 휴식이 필요하다고 느끼며, 옷도 벗지 않은 채로 그대로 침대로 직행하여 바로 곯아떨어졌습니다.

제2장

세 유령 중 첫 번째
과거 크리스마스의 유령

스크루지가 잠에서 깨어났을 때, 너무 칠흑같이 어두워서 침대에서 밖을 내다보아도 방의 불투명한 벽과 투명한 창문을 거의 구별할 수가 없었습니다. 스크루지는 흰 담비의 눈처럼 날카로운 눈으로 어둠을 뚫어져라 보려 애쓰고 있었습니다. 이웃 교회의 매 15분마다 울리는 종이 네 번 울리며 시간을 알렸습니다. 그래서 스크루지는 몇 시인지 시각을 듣기 위해 귀를 곤두세웠습니다.

그런데 너무나 놀랍고 어처구니없게도, 무거운 종은 여섯 시에서 일곱 시로, 일곱 시에서 여덟 시로, 규칙적으로 열두 시까지 울렸다가 멈추었습니다. 열두 시라니! 그가 잠자리에 들었을 때 이미 두 시가 훌쩍 넘었었습니다. 시계가 고장 난 게 틀림없습니다. 아마도 시계 바늘에 고드름이라도 낀 모양입니다. 열두 시라고!

스크루지는 이 터무니없는 시간을 바로잡기 위해 자신의 반복 타종 시계의 스프링을 조작했습니다. 반복 타종 시계의 작은 맥박은 빠르게 열두 번을 치더니 멈췄습니다.

"아니, 이런 일은 도저히 있을 수 없어."

스크루지가 말했습니다.

"내가 하루 종일 자는 것도 모자라서, 다음날 밤까지 깊이 잠들어 있었다니! 태양에 무슨 큰 일이 일어났을 리는 없을 테고, 지금이 낮 12시라니!"

무섭고 불안한 생각이 들어, 스크루지는 침대에서 서둘러 기어 나와 창가 쪽으로 더듬으며 갔습니다. 스크루지는 창문에 서리가 잔뜩 끼어 있어서 아무것도 볼 수 없었기 때문에 잠옷 소맷자락으로 창문의 서리를 문질러야만 했습니다. 그렇게 문지른 뒤에도 창문을 통해 밖을 잘 볼 수가 없었습니다. 스크루지가 알 수 있는 것은 여전히 안개가 자욱하고 엄청 추웠으며, 어두운 밤이 밝은 낮을 때려눕히고 세상을 장악했다면 의심할 여지없이 일어났을 법한, 사람들이 이리저리 뛰어다니며 큰 소동을 일으키는 소음이 없다는 것뿐이었습니다. 스크루지는 크게 안도했습니다. 왜냐하면, 낮이 사라져 계산할 날이 없어지면, '첫 번째 어음을 본 지 3일 후, 에비니저 스크루지 씨에게 또는 그가 지정한 대리인에게 대금을 지불하라'와 같이 기재된 어음이나 증서 등은 가치가 없는 단순한 미국의 채권처럼 되었을 것이기 때문입니다.

스크루지는 다시 침대로 가서, 계속해서 곰곰이 생각에 생각을 거듭했지만, 아무리 생각해봤자 아무런 결론에 이르지 못했습니다. 스크루지는 생각할수록 더욱 혼란스러워졌고, 생각하지 않으려 애쓸수록 더 깊은 잡다한 생각들에 사로잡혔습니다.

말리의 유령이 스크루지를 몹시 괴롭혔습니다. 신중하게 생각하여 그것이 모두 꿈에 불과하다고 스스로 결론지을 때면, 스크루지의 마음은 강한 용수철이 풀리듯 다시 원래 자리로 튀어 올라, 똑같은 문제를 다시 제시하곤 했습니다. "그것이 꿈이었는지? 꿈이 아니었는지?"라는 문제였습니다.

스크루지가 이렇게 생각을 하며 누워 있었는데, 15분마다 울리는 교회의 종이 세 번 더 울렸습니다. 갑자기 새벽 1시를 알리는 종소리가 울릴 때 첫 번째 유령이 스크루지 앞에 나타날 것이라고 한 말리의 경고를 기억해냈습니다. 스크루지는 말리가 말한 그 시간이 지날 때까지 깨어 있기로 결심했습니다. 스크루지가 천국에 가는 것보다 다시 잠을 자는 것이 더 힘들다는 것을 고려한다면, 그에게 있어서는 아마도 가장 현명한 해결 방법이었을 것입니다.

그 15분이 너무나 길어서 스크루지는 자신도 모르게 깜빡 잠들어서 틀림없이 예정된 시간을 놓쳤다고 생각한 것이 여러 번이었습니다. 마침내 교회의 타종 소리가 스크루지의 예민한 귀전에 들려왔습니다.

"딩동!"

"15분이 지났군."

스크루지가 계산하며 말했습니다.

"딩동!"

"30분이 지났군!"

스크루지가 말했습니다.

"딩동!"

"그 시각 15분 전."

스크루지가 말했습니다.

"딩동!"

"바로 그 시간이 됐군."

스크루지가 의기양양해 하며 말했습니다.

"그런데 아무 일도 안 일어나잖아!"

스크루지가 말을 마치자마자 정각을 알리는 종이 울렸습니다. 그 소리는 깊고, 둔탁하며, 공허하고, 음울한 소리로 한 번 울렸습니다. 그 순간 방 안에 갑자기 불빛이 번쩍였고, 침대 커튼이 젖혀졌습니다.

말하지만, 침대 커튼은 누군가의 손에 의해 젖혀진 것입니다. 발치의 커튼도 아니고, 등 뒤의 커튼도 아니며, 스크루지의 얼굴 정면에 있는 커튼이었습니다. 침대 커튼이 젖혀지자, 스크루지는 상체를 세우지 않고 앉은 자세로 일어나면서, 침대 커튼을 젖힌 이 세상 사람이라고는 생각할 수 없는 초자연적 어떤 방문자와 얼굴을 맞닥뜨리게 되었습니다. 지금 제가 독자 여러분 곁에 서 있는 것만큼이나 가까이서 말입니다. 마음속으로, 나는 지금 독자 여러분의 곁에 서 있습니다.

그 모습은 아주 낯선 이상한 모습이었습니다. 마치 어린 아이와 같았습니다. 하지만 아이라기보다는 마치 초자연적인 매개체를 통해 본 노인 같았습니다. 마치 시야에서 멀리 떨어져 있는 아이 키만큼 작아진 것 같았습니다. 목과 등을 따라 길게 늘어진 머리카락은 하얗게 세어 있어서 마치 꾀 나이가 들어 보였습니다. 얼굴에는 주름 하나 없었고, 피부는 아주 부드러운 혈색이 감돌았습니다. 팔은 몸에 비해서 길고 근육질이었고, 손도 마찬가지였습니다. 마치 비범한 힘을 가진 듯 팔과 손이 모두 길었습니다. 가냘프고 허약하게 만들어진 다리와 발은 팔이나 손처럼 맨살이었습니다. 새하얀 튜닉(고대 그리스나 로마인들이 입던, 소매가 없고 무릎까지 내려오는 헐렁한 웃옷)을 입고 있었고, 허리에는 아름다운 광채가 나는 윤기 있는 벨트를 두르고 있었습니다. 손에는 싱싱한 녹색의 호랑가시나무 가지가 들려 있었고, 겨울의 상징과는 두드러지게 대조를 이루는 여름 꽃으로 장식된 드레스를 입고 있었습니다. 그러나 무엇보다도 가장 신비한 것은 머리에 쓴 관에서 밝고 맑은 빛이 쏟아져 나와 지금까지 내가 설명한 이 모든 것들을 볼 수 있었다는 것입니다. 그리고 그 유령은 바쁘게 움직이지 않을 때는 큰 소화기를 모자처럼 사용하는 것 같았습니다. 지금은 겨드랑이에 끼고 있지만 말입니다.

스크루지가 점점 안정을 찾아 더 차분하게 유령을 바라볼 수 있게 되자, 자세히 보니 가장 신비한 점은 다른 곳에 있다는 것을 알게 되었습니다. 유령의 벨트가 이쪽에서 반짝반짝 빛나다가, 저쪽에서 빛나고 또 다른 쪽에서는 곧 어두워져서, 그 유령의 모습을 뚜렷하게 알아볼 수 있도록 변하고 있었습니다. 팔이 하나 있는 모습이었다가, 다리가 하나 있는 모습으로, 다리가 스무 개 있는 모습이었다가, 머리가 없이 다리가 두 개인 모습으로, 몸통이 없이 머리만 있는 모습으로도 변하였습니다. 녹아내리는 부분들은 짙은 어둠 속에서 녹아내려 도저히 윤곽이 보이지 않았습니다. 그리고 바로 이 괴기하게 변하는 모습 속에서도, 그 유령은 예전처럼 또렷하고 분명하게 다시 본래의 모습으로 되돌아왔습니다.

"선생님이, 혹시 저에게 오실 것이라고 예고된 바로 그 유령이신가요?"

스크루지가 물었습니다.

"그렇다!"

그 목소리는 부드럽고 온화했습니다. 매우 낮은 음성이었으며, 마치 스크루지의 바로 옆에 있는 것이 아니라 멀리 떨어져서 얘기하는 있는 듯한 느낌이었습니다.

"당신은 누구이며, 무엇입니까?"

스크루지는 따지듯이 물었습니다.

"나는 과거 크리스마스의 유령이다."

"먼 과거인가요?"

스크루지는 왜소한 체구의 유령을 유심히 살펴보며 물었습니다.

"아니. 바로 너의 과거다."

누군가 스크루지에게 왜 그런 부탁을 했는지 묻는다 하더라도, 어쩌면 스크루지는 왜 그랬는지 설명하지 못했을 것이지만, 그는 유령이 모자를 쓴 모습을 너무나도 보고 싶었기 때문에, 유령에게 모자를 써봐 달라고 간청했습니다.

"뭐라고!"

유령이 소리쳤습니다.

"세속적인 네 손으로 내가 주는 빛을 그렇게나 빨리 꺼버리려 하다니? 너희들의 욕심으로 만들어낸 이 모자를 수많은 세월 동안 내 머리 위에 씌워 놓은 존재 중 하나가 너라는 것만으로도 충분하지 않은가!"

스크루지는 모든 불쾌감을 주려는 의도는 전혀 없었다고 공손하게 말하고, 평생 동안 고의적으로 유령에게 '모자를 씌운' 적이 한 번도 없었다고 말하였습니다. 그런 다음 스크루지는 용기를 내어 유령에게 여기까지 어떻게 오게 되었는지를 물었습니다.

"너의 행복을 위해서!"

유령이 말했습니다.

스크루지는 겉으로는 매우 고마워하며 자신의 마음을 표현했지만, 속으로는 하룻밤 잠을 푹 자도록 내버려 두는 것이 나의 행복에 더 도움이 되었을 것이라고 생각하지 않을 수 없었습니다. 유령은 스크루지의 생각을 눈치 챘음에 틀림없었습니다. 왜냐하면 바로 그 순간 이렇게 말했기 때문입니다.

“그럼, 네 생각을 바꿔주지. 조심해!”

유령은 이렇게 말을 하면서 힘센 손을 내밀어 스크루지의 팔을 부드럽게 감싸 잡았습니다.

“일어나! 함께 걷자!”

스크루지가 날씨와 시간이 걷기에 적합하지 않고, 침대는 따뜻했지만, 밖의 온도는 영하를 한참 밑돌았으며, 슬리퍼와 가운, 수면 모자만 걸친 채 가볍게 입고 있었고, 지금 감기에 걸려 있다고 간청했어도 소용이 없었을 것입니다. 스크루지는 유령의 여자의 손처럼 부드러운 손길을 거부할 수 없었습니다. 스크루지는 일어섰지만, 유령이 창문 쪽으로 향하는 것을 보고 간청하듯 유령의 가운을 붙잡았습니다.

“저는 아무 힘없는 인간일 뿐입니다. 밖으로 떨어지고 말 겁니다.”

스크루지가 항변했습니다.

“이봐 진정하라고! 내 손에 닿기만 하면, 이보다 더 높은 곳에서도 떨어지지 않고 지탱할 수 있어!”

유령이 스크루지의 가슴 위에 손을 얹으며 말했습니다.

말을 마치기가 무섭게 스크루지와 유령은 벽을 뚫고 나와 길 양쪽으로 들판이 드넓게 펼쳐져 있는 시골 길 위에 서 있었습니다. 도시는 완전히 사라져 흔적조차 남아 있지 않았으며, 어둠과 안개도 또한 함께 사라졌습니다. 이곳은 땅에 눈이 수북이 쌓인 청명하지만 쌀쌀한 겨울 한낮이었습니다.

"세상에! 이곳은 내가 태어나고 자란 곳이잖아. 내가 유년 시절을 보낸 곳이고요!"

스크루지가 두 손을 모으고 주위를 둘러보며 말했습니다.

유령은 스크루지를 부드러운 눈빛으로 바라보았습니다. 유령의 부드러운 손길은 비록 가볍고 한 순간적이었지만, 여전히 스크루지의 감각 속에 남아 있는 듯 보였습니다. 스크루지는 공중에 떠 있는 수천 가지의 향기들을 느낄 수 있었습니다. 각각의 향기들은 이미 오랜 세월 잊힌 수많은 생각과 희망, 기쁨과 걱정이 연결되어 있었습니다.

"네 입술이 떨리고 있구나. 그리고 너의 뺨 위에 있는 그것이 무엇이냐?"

유령이 말했습니다.

스크루지의 목소리에는 평소와 다른 떨림이 있었고, 그것이 여드름일 뿐이라고 대충 둘러대면서, 유령에게 자신이 자란 곳으로 데려다 달라고 간청했습니다.

"그 길을 기억하고 있느냐?"

유령이 물었습니다.

"기억하고말고요!"

스크루지는 열정적으로 외쳤습니다.

"나는 눈가리개를 하고도 그 길을 걸을 수 있습니다."

"그토록 오랜 세월 그 길을 잊고 있었다니 이상한 일이군! 계속 가보자꾸나."

유령이 말했습니다.

스크루지와 유령은 길을 따라 걸었고, 스크루지는 가는 길목의 모든 문이며, 기둥이며, 나무들을 속속들이 알아볼 수 있었습니다. 그러다 멀리 작은 시장이 있는 마을이 나타났는데, 그 마을로 들어가는 다리와 교회, 구불구불한 강이 있었습니다. 털이 북슬북슬한 조랑말 몇 마리가 스크루지와 유령 쪽으로 달려오는 모습이 보였습니다. 그 조랑말 위에는 소년들이 앉아 있었으며, 이들은 농부들이 몰고 가는 작은 마차에 탄 다른 소년들에게 소리를 질렀습니다. 이 소년들은 모두 기분이 아주 좋아 보였고, 서로에게 소리 높여 이름을 불러댔고, 그 넓은 들판이 즐거운 노랫소리로 가득 찼으며, 상쾌한 공기가 아이들의 노랫소리를 듣고는 깔깔깔 웃었습니다!

"지금 보고 있는 이 광경들은 그저 과거의 환영일 뿐이야. 그들은 우리를 알아보지 못해."

유령이 말했습니다.

그 명랑한 여행자들이 스크루지와 유령에게로 다가왔습니다. 그들이 다가올 때, 스크루지는 그들을 모두 알아보고 일일이 이름을 불렀습니다. 그들을 보며 스크루지가 왜 헤아릴 수 없을 만큼 기뻐했는가! 그들이 지나갈 때, 스크루지가 왜 차가운 눈이 반짝이고, 심장이 마구 뛰었는가! 그들이 갈라지는 길과 작은 골목에서 각자의 집으로 돌아가며 서로에게 '메리 크리스마스'라고 인사하는 것을 들으면서 왜 스크루지의 가슴에 기쁨으로 가득 찼는가! 도대체 스크루지에게 '메리 크리스마스'란 무엇인가? 메리 크리스마스 같은 것, 저리 가라! 그것이 스크루지에게 과연 무슨 이득을 준 적이 있는가?

"학교가 완전히 텅 비어 있지는 않았군. 친구들에게 따돌림 받은 한 외로운 아이가 아직 교실에 남아 있구나."

유령이 말했습니다.

스크루지는 그 아이가 누구인지 자신이 알고 있다고 말했습니다. 그리고는 흐느끼며 울기 시작했습니다.

스크루지와 유령은 큰 길을 벗어나 스크루지가 너무나도 잘 알고 있는 오솔길을 따라 곧 오래돼서 빛 바라고 탁한 붉은 벽돌로 지어진 커다란 저택에 다다랐습니다. 이 저택의 둥근 지붕 위에는 작은 풍향계가 세워져 있었고 그 안에는 작은 종이 걸려 있었습니다. 큰 저택이었지만 이미 기운이 쇠한 좋지 않은 집이었습니다. 넓은 여러 개의 방과 대형 창문, 탁 트인 전망이 있는 이 저택의 방들은 거의 사용되지 않아 비어 있었고, 벽은 습기와 이끼로 덮여 있었으며, 창문은 많이 깨져 있었고, 출입문은 부식되어 주저앉아 있었습니다. 닭들이 꼬꼬댁거리며 마구간을 당당하게 거닐고 있었고, 마차를 넣어두는 차고와 헛간은 무성한 잡초로 뒤덮여 있었습니다. 저택 내부 또한 예전의 번성했던 모습을 크게 찾아볼 수가 없었습니다. 어둡고 답답해 보이는 현관으로 들어서서 여러 방의 열린 문을 훑어보니, 그곳에는 가구들이 너무나 허술

하고, 방 안에는 차가운 냉기가 돌았으며, 공간만 덩그러니 넓기만 했습니다. 공기에는 흙냄새가 배어 있었고, 이렇게 텅 빈 공간은 으스스해서 왠지 차려진 음식은 없으면서도 촛불들만 덩그러니 유난스러운 커다란 식탁을 떠올리게 했습니다.

스크루지와 유령은 복도를 가로질러 집 뒤편에 있는 문으로 갔습니다. 스크루지와 유령이 다가가자 그 문은 자연스럽게 열렸고, 길고 황량하며 우울한 방이 드러났습니다. 방에는 평범한 긴 나무 의자와 책상들이 있었지만, 그것이 더욱 쓸쓸해 보이게 했습니다. 그 중 한 의자에는 외로워 보이는 소년이 앉아서 희미한 난롯불을 등불 삼아 책을 읽고 있었고, 스크루지는 다른 의자에 앉아서 지금껏 잊고 지냈던 그 예전의 가엾은 자신의 모습을 보고 흐느끼며 눈물을 흘렸습니다.

집 안에는 숨어서 잠복하고 있는 메아리조차 없었고, 벽에 붙어 있는 나무판자 뒤에서 쥐들이 내는 찍찍거림이나 소란도 없었으며, 뒤뜰의 반쯤 얼어 있는 수도꼭지의 물기둥에서 똑똑 떨어지는 물방울 소리도 없었고, 한 그루 기운이 빠진 미루나무의 이파리 없는 가지 사이에서 나는 한숨조차 없었으며, 빈 창고의 문이 느릿하게 흔들리며 나는 삐걱거리는 소리도 없었습니다. 아니, 불 속에서 나는 장작이 타들어가는 따닥따닥 소리조차도 없었습니다. 하지만 이러한 모든 고요함이 스크루지의 마음에 영향을 주어 가슴 속에 엄습해 왔고, 스크루지의 두 눈에서는 끝없는 눈물이 흘러내렸습니다.

유령이 스크루지의 팔에 손을 대고는, 스크루지의 어린 시절 독서에 몰두한 모습을 가리키며, 스크루지에게 보라고 했습니다. 그런데 갑자기, 허리에 도끼를 차고 나무를 잔뜩 실은 당나귀의 고삐를 잡아끄는 이국적인 복장을 한 한 남자가, 보는 사람에게 놀랄 만큼 사실적이고 뚜렷한 모습으로, 창밖에 서 있었습니다.

"어라, 알리바바다!"

스크루지가 황홀해하며 외쳤습니다.

"정직하고, 사랑스러운 알리바바라니! 그래요, 그래, 알아요! 어느 크리스마스 때, 저기 저렇게 외롭게 혼자 남겨진 아이에게 처음으로, 바로 이 모습 그대로 왔었지요. 불쌍한 소년! 발렌타인 과 그의 야생마 같은 사나운 형인 오손도 있었지요. 저쪽을 보세요! 그의 이름이 뭐였더라, 다마스쿠스 문 앞에서 속옷 바람으로 잠든 채로 놓여 있던 사람 말이에요! 그리고 지니가 거꾸로 뒤집 어 놓은 술탄의 마부도 보이네요. 저기 물구나무 선 놈 좀 보세요! 자업자득이지요. 잘 됐네요. 감히 공주와 결혼할 일은 없지!"

스크루지가 말했습니다.

스크루지가 웃음과 울음 사이에서 나오는 가장 애매모호한 이상한 목소리로 그러한 책에나 나오는 주제에 대해 자신의 모든 열정을 다해 진지하게 이야기하는 것을 들었다면, 또한 스크루지의 달아오르고 흥분한 얼굴을 보았다면, 실제로 도시의 그의 사업 동료들에게는 아주 깜작 놀랄 일이었을 것입니다.

"저기 그 앵무새다!"

스크루지가 외쳤습니다.

"초록색 몸통에 노란 꼬리, 그리고 머리 위에는 마치 상추 같은 것이 자라나 있구나. 바로 저 사람이에요! 섬을 한 바퀴 돌고 집으로 돌아온 후, 로빈슨 크루소를 앵무새가 불렀던 이름이 '가엾은 로빈슨 크루소'였지요. '가엾은 로빈슨 크루소, 어디에 있었나, 로빈슨 크루소?'라고요. 저 사람은 자신이 꿈을 꾸고 있는 줄 알았지만, 사실은 꿈이 아니었어요. 바로 그 앵무새가 그런 거였죠. 그렇지 않나요? 저기 프라이데이가 보이네요. 작은 해안가를 죽을 힘을 다해 달려오고 있어요! 이봐! 어이! 여보세요!"

그러더니, 평소의 성격과는 판이하게 다른 스크루지는 옛 자신의 모습을 측은히 여기며 이렇게 말했습니다.

"불쌍한 소년이여!"

그리고는 다시 흐느끼며 울기 시작했습니다.

"내가 원하는 건,"

스크루지가 중얼거리며 주머니에 손을 넣고 소맷부리로 눈물을 닦은 후, 주위를 둘러보며 말했습니다.

"하지만 지금은 너무 늦었습니다."

"뭐가 문제인건가?"

유령이 물었습니다.

"아무것도 아닙니다, 아무것도요. 어젯밤 제 회계 사무실 문 앞에서 한 소년이 크리스마스 캐럴을 부르고 있었습니다. 저는 그 소년에게 무언가를 주고 싶었을 뿐입니다. 그것이 전부입니다."

스크루지가 말했습니다.

유령은 사려 깊게 미소를 지으며 손을 흔들었습니다. 그러면서 말했습니다.

"자, 또 다른 크리스마스를 보세나!"

스크루지의 예전 어린 스크루지는 말이 끝나자마자 점점 더 자라 있었고, 방은 조금 더 어둡고 조금 더 지저분해졌습니다. 벽의 나무판자는 우그러들었고, 창문은 금이 갔으며, 천장에서 석고 조각이 떨어져 나가고, 대신에 욋가지(지붕이나 벽에 회반죽을 바르기 위해 엮어 넣는 가느다란 나무 막대기)만 벌거벗긴 채 드러나 있었습니다. 그러나 이런 모든 일들이 어떻게 일어났는지는 스크루지도 독자 여러분들처럼 알지 못했습니다. 스크루지는 다만 그 모든 것이 전적으로 정확하다는 것, 모든 일이 실제로 과거에 그렇게 일어났다는 것을 알고 있을 따름이었습니다. 그리고 스크루지는 다른 소년들이 모두 즐거운 크리스마스를 즐기기 위해 집으로 돌아갔을 때, 다시 혼자 그렇게 남게 되었음을 느꼈다는 것뿐이었습니다.

스크루지는 지금 책을 읽고 있지 않았고, 절망적으로 이리저리 걷고 있었습니다. 스크루지는 유령을 바라보며, 슬프게 고개를 젓고는 불안하게 문 쪽을 힐끗 쳐다보았습니다.

문이 열리자, 소년보다 훨씬 어린 소녀가 달려 들어와 소년의 목에 팔을 감고 여러 번 입을 맞추며 소년을 '사랑하는, 사랑하는 오빠'라고 불렀습니다.

"사랑하는 오빠를 집으로 데려가려고 왔어요!"

어린 소녀가 말하며, 작은 손을 맞잡고 몸을 숙여 웃었습니다.

"집으로, 집으로, 집으로 데려가려고 왔어요!"

"집이라고 했니, 팬아?"

소년이 되물었습니다.

"네!"

어린 소녀가 기쁨으로 가득 차 외쳤습니다.

"집으로, 영원히. 집으로, 영원히, 가는 거예요. 아버지는 예전보다 훨씬 더 친절해지셔서 집이 마치 천국 같아요! 어느 날 밤 내가 잠자리에 들 때 아버지가 너무나 다정하게 말씀해 주셔서, 다시 한 번 용기를 내어 오빠를 집으로 데려 올 수 있겠냐고 여쭈어보았거든요. 그러자 아버지는 '그래, 와도 된다.'고 하셨고, 마차를 보내 우리를 데려오라고 하셨어요. 그러니까 이제부터는 오빠도 어른이 되어야 해요!"

어린 소녀가 눈을 동그랗게 크게 뜨며 말했습니다.

"그러면, 다시는 이곳으로 돌아올 일이 없을 거예요. 하지만 우선 우리는 크리스마스 내내 세상에서 가장 즐거운 시간을 함께 보내야 해요."

소년이 감탄하며 말했습니다.

"정말 넌 어른스러운 여자가 다 됐구나, 팬!"

어린 소녀는 손뼉을 치며 웃었고, 소년의 머리를 만지려 했지만, 키가 너무 작아서 만질 수가 없었습니다. 어린 소녀는 다시 웃으면서 까치발을 하고 서서 소년을 꼭 껴안았습니다. 그러고는 어린 아이 같은 열정으로 소년을 문 쪽으로 끌기 시작했고, 소년은 끌려가는 것이 싫지 않아서 어린 소녀를 따라갔습니다.

그런데 복도에서 무시무시한 목소리가 외치는 것이었습니다.

"스크루지 군의 짐 상자를 가져와!"

복도에 교장 선생님이 나타나더니 스크루지 군을 아주 정중한 눈길로 내려다보며 악수를 청했습니다. 소년은 아주 기겁하고 말았습니다. 그러고 나서 교장 선생님은 스크루지가 여태껏 한 번도 가본 적이 없는 우물처럼 오싹한 응접실로 스크루지와 그의 여동생을 데려갔습니다. 응접실의 벽에 걸린 지도와 창문에 걸린 천구의와 지구본은 추위에 밀랍처럼 굳어 있었습니다. 여기서 교장 선생님은 유별나게 순한 와인이 담긴 병과 덜 부풀어서 딱딱한 케

이크 한 덩어리를 꺼내어, 스크루지와 그의 여동생에게 그 맛있는 음식을 나눠주었습니다. 동시에, 허약한 하인을 시켜 우편배달부에게 '마실 것' 한 잔을 권하게 했습니다. 그러자 우편배달부는 신사분의 호의에 감사를 표하지만, 그 와인이 전에 마셨던 것과 같은 와인이라면 차라리 마시고 싶지 않다고 대답했습니다. 마부가 스크루지 군의 트렁크를 마차 지붕에 얹어 묶고 나자 스크루지와 그의 여동생은 진심으로 고개 숙여 교장 선생님에게 작별 인사를 했습니다. 그리고 스크루지와 그의 여동생이 마차에 올라타자 마차는 정원의 오솔길을 따라 즐겁게 달려갔습니다. 굴러가는 마차의 바퀴가 빠르게 상록수의 거무스름한 잎사귀를 밟고 지나가자 하얀 서리와 눈이 물보라처럼 튀어 올라왔습니다.

"언제나 아주 연약한 존재였기에, 한 번의 숨결에도 시들 것만 같았지. 하지만 아주 넓은 마음을 가지고 있었지!"

유령이 말했습니다.

"그랬죠, 당신 말이 맞습니다. 나는 그것을 절대 부인하지 않습니다!"

스크루지가 외쳤습니다.

"그녀는 여성으로서 결혼도 하고 죽었지. 내 생각에는, 아마도 자식도 있었지."

유령이 말했습니다.

"하나 있습니다."

스크루지가 대답했습니다.

“그렇지, 바로 자네의 조카지!”

유령이 말했습니다.

스크루지는 마음이 편하지 않은 듯 보였고, 짧게 대답했습니다.

“예.”

스크루지와 유령이 막 학교를 뒤로하고 떠났을 뿐이었지만, 이제 그들은 어느새 환영 같은 사람들이 오가고, 환영 같은 마차와 차량이 길을 다투는 활기찬 도시의 중심가에 있었습니다. 실제로 도시의 모든 투쟁과 소란스러움이 그곳에 존재하고 있었습니다. 상점들의 장식으로 보아 이곳 역시 다시 크리스마스 시즌임이 분명했지만, 이미 저녁이 되어 거리에는 가로등불이 밝게 켜져 있었습니다.

유령은 어느 큰 상점 문 앞에서 멈추어 서더니, 스크루지에게 그곳을 아는지 물었습니다.

“물론 알죠! 내가 여기서 일을 배웠거든요!”

스크루지가 말했습니다.

스크루지와 유령은 상점 안으로 들어갔습니다. 웨일스식 가발(목을 따뜻하게 유지하기 위해 부드러운 울로 된 독특하게 긴 뒤쪽 부분을 가지고 있었으며, 이는 종종 길고 곱슬거리는 머리 모양과 비슷한 외관을 띠었습니다.)을 쓴 노신사가 매우 높은 책상 뒤에 앉아 있는 모습이 보였습니다. 그 노신사의 키가 2인치만 더 컸더라면 아마도 천장에 머리를 부딪칠 뻔했을 정도였습니다. 그 노신사를 보자마자,

스크루지는 몹시 흥분해서 외쳤습니다.

"어찌, 저분은 옛날의 페치위그 사장님이 아니십니까! 세상에나, 페치위그 사장님이 다시 살아나시다니!"

페치위그 사장님은 펜을 내려놓고 시계를 올려다보았는데, 시계는 7시를 가리키고 있었습니다. 페치위그 사장님은 손을 비비고, 헐렁한 조끼를 잘 정리하며, 시원스럽게 온 몸으로 껄껄껄 웃음을 터뜨렸습니다. 그러더니, 안락하고, 윤기 나며, 풍부하고, 토실토실하며, 쾌활한 목소리로 외쳤습니다.

"어이, 에비니저! 딕!"

스크루지는 이전의 모습과 달리 이제 어엿한 청년이 되어, 그의 동료 견습생인 딕과 함께 민첩하게 뛰어들어 왔습니다.

"분명히, 딕 윌킨스군요! 맙소사, 맞아요. 바로 그 친구예요. 그는 나와 아주 친하게 지냈지요, 딕이요. 불쌍한 딕!"

스크루지가 유령에게 말했습니다.

"요호, 얘들아! 오늘 밤은 더 이상 일 없다. 크리스마스이브야, 딕. 크리스마스라고, 에비니저! 창문의 덮개를 올리고 문을 닫아."

페치위그 사장님이 말했습니다.

"내가 '잭 로빈슨'이라고 말하기 전에 빨리!"

페치위그 사장님이 손뼉을 탁 치며 외쳤습니다.

여러분은 두 사람이 얼마나 빠르게 일을 마무리했는지 믿기 힘드실 것입니다! 그 둘은 하나, 둘, 셋 세는 동안 덧문을 들고 거리로 뛰어들었고, 넷, 다섯, 여섯을 세는 동안 덧문을 제자리에 끼워 세웠고, 일곱, 여덟, 아홉을 세는 동안 빗장을 잠그고 고정시키고, 열둘을 세기도 전에 경주마처럼 숨을 헐떡이며 되돌아 왔습니다.

"오-호!"

페치위그 사장님이 외치며, 민첩하게 높은 책상에서 뛰어내렸습니다.

"자, 젊은이들, 자리를 치우고 여기에 충분한 공간을 만들어 봅시다! 딕! 에비니저!"

깔끔하게 치워졌다! 페치위그 사장님이 지켜보는 한, 치우지 못할 것, 혹은 치울 수 없는 것은 없었습니다. 1분 만에 뚝딱 끝났습니다. 모든 이동 물품은 마치 영원히 쓰지 않을 것처럼 완전히 치워졌습니다. 바닥은 쓸고 물로 닦아주었으며, 등불의 심지도 다 듬어졌고, 난롯불의 연료는 충분히 수북이 쌓였습니다. 커다란 상점은 겨울밤에 가장 가보고 싶어 하는 무도회장처럼 아늑하고 따뜻하며 건조하고 밝아졌습니다.

악보를 든 바이올린 연주자가 들어와 높은 책상으로 올라가 오케스트라를 만들어 마치 50명이 넘는 복통 환자가 앓는 것처럼 바이올린을 조율했습니다. 그리고 페치위그 사장님 부인이 활짝 웃으며 들어왔습니다. 세 명의 사랑스러운 페치위그 사장님의 딸들도 활짝 웃으며 들어왔습니다. 세 딸이 마음에 상처를 준 여섯 명의 젊은 청년들도 들어왔습니다. 그리고 페치위그 상점에 종사하는 모든 젊은 남녀가 들어왔습니다. 하녀가 사촌인 빵집 주인과 함께 들어왔습니다. 요리사가 오빠의 특별한 친구인 우유 배달원과 함께 들어왔습니다. 길 건너편에서 사는 밥 한 끼 제대로 얻어먹지 못한 것 같은 소년이, 자기 안주인에게 귀를 잡아 뜯긴 옆집 소녀 등 뒤에 숨어서 들어왔습니다. 차례대로 들어왔습니다. 수줍어하며, 대담하게, 우아하게, 어색하게, 밀고 당기며, 어떻게든, 어떻게든 모두 들어왔습니다. 그들은 모두 해서 스무 쌍이었습니다. 그들은 서로 손을 맞잡고 원을 그리면서 반쯤 돌다가 다시 반대 방향으로 돌았습니다. 가운데로 모여들었다가 다시 퍼져나갔습니다. 애정 어린 군무로 여러 단계로 돌고 또 돌았습니다. 오래된 상위 커플은 항상 잘못된 장소에서 꺾어 돌았고, 그러면 새로운 상위 커플이 다시 춤을 추기 시작했습니다. 끝내는 모든 상위 커플들만이 나왔고 그들을 도울 하위 커플은 없었습니다! 이런 결과가 나오자, 페치위그 사장님은 손뼉을 쳐서 춤을 멈추게 했습니다. 그리고는 외쳤습니다.

"잘했어!"

바이올리니스트는 흑맥주 통에 뜨겁게 달아오른 얼굴을 푹 담갔습니다. 흑맥주 통은 특별히 이런 목적으로 마련해 둔 것이었습니다. 그러나 바이올리니스트는 휴식을 마다하고 다시 무대에 뛰어 올라 즉시 다시 연주를 시작했습니다. 아직 댄서가 없었음에도 불구하고 말입니다. 기존의 바이올리니스트는 지쳐서 덧문에 실려 집으로 실려 보냈고, 자기는 마치 새로운 바이올리니스트이며 죽어 쓰러질 때까지 연주를 하기로 결심한 것 같았습니다.

춤은 더 이어졌고, 그 후에는 벌칙 게임도 있었으며, 또 다시 춤이 이어졌습니다. 그리고는 케이크도 있었고, 니거스 술(포도주·더운물·설탕·레몬 등을 섞어 만든 음료)도 있었으며, 큰 조각의 차가운 구이와 큰 조각의 차가운 삶은 고기, 그리고 미트파이와 엄청나게 많은 양의 맥주가 있었습니다. 하지만 저녁의 가장 큰 하이라이트는 큰 조각의 차가운 구이와 삶은 고기가 끝난 후 찾아왔습니다. 바이올린 연주자(아주 정교한 개구쟁이 같은 사람입니다. 유념하세요! 여러분이나 제가 알려주지 않아도 자신이 해야 할 일을 훨씬 더 잘 아는 그런 사람이죠!)가 "로저 드 커벌리 경"을 연주하기 시작했을 때였습니다. 그때 페치위그 부부가 춤을 추기 위해 앞으로 나섰습니다. 그들은 23~24쌍의 파트너들과 함께였고, 소홀히 상대해서는 안 될 사람들, 단순히 걷기만 하는 법이 없는 춤을 출 줄 아는 사람들을 이끄는 상위 커플이었고, 꽤나 어려운 곡이 준비되어 있었습니다.

하지만 만약 무도회에 모인 사람이 지금의 두 배였더라면-아니, 네 배였더라도-페치위그 사장님은 충분히 그들에게 맞설 수 있었을 것이고, 페치위그 부인 역시 그럴 수 있었을 것입니다. 특히 페치위그 부인은 모든 면에서 페치위그 사장님의 동반자로서 충분히 가치가 있었습니다. 나의 이 칭찬이 부족하다면, 더 높은 수위의 칭찬을 내게 알려주기 바랍니다. 나는 그 칭찬을 사용할 것입니다. 페치위그 사장님의 종아리에서 자신만만한 빛이 나는 듯한 느낌이 들었습니다. 페치위그 부부가 춤을 추는 각 부분마

마 달처럼 환하게 빛났고, 언제 어떤 모습으로 보일지 예측할 수 없을 정도였습니다. 그리고 페치위그 부부가 춤을 모두 끝냈을 때 −앞으로 나아갔다가 물러서기, 양손으로 상대방 잡기, 절과 인사, 코르크스크류, 바늘귀 통과, 다시 제 위치로 돌아가기−페치위그 사장님은 놀라울 정도로 능숙하게 '컷'을 하여 다리로 윙크를 하는 듯 보였고, 비틀거림 없이 발 위에 다시 섰습니다.

시계가 열한 시를 치자, 이 가장 무도회는 끝이 났습니다. 페치위그 부부는 문 양쪽에 서서, 나가는 사람마다 일일이 악수를 나누며 즐거운 크리스마스 축하 인사를 했습니다. 모든 손님이 돌아간 후 두 명의 수습사원에게도 같은 크리스마스 축하 인사를 했습니다. 그렇게 모든 명랑한 목소리들은 사라지고, 두 명의 소년은 뒤쪽 가게의 계산대 아래 있는 침대로 돌아갔습니다.

이러한 시간 내내, 스크루지는 마치 넋이 빠진 사람처럼 보였습니다. 스크루지의 마음과 영혼은 그 장면 속에 있었고, 그의 예전 자신과 함께했습니다. 스크루지는 모든 것을 확인하고, 모든 것을 기억하며, 모든 것을 즐기고, 가장 묘한 흥분을 경험했습니다. 이전의 자기 자신과 딕의 밝은 얼굴이 사라질 때까지, 스크루지는 유령을 기억하지 못하고 있다가, 유령이 머리 위에서 빛을 매우 선명하게 내뿜으며 자신을 똑바로 바라보고 있다는 것을 의식하게 되었습니다.

"사소한 일로, 이 어리석은 사람들을 이렇게 감격하게 만들었군."

유령이 말했습니다.

"사소한 일이라고요!"

스크루지가 말했습니다.

유령은 스크루지에게 손짓하여 페치위그 사장님을 마르고 닳도록 칭찬하며 이야기하는 두 수습사원의 말을 들어보라고 했으며, 스크루지가 그렇게 하자, 유령은 이렇게 말했습니다.

"왜 그렇지! 그렇지 않은가? 페치위그 사장은 단지 너희 인간들의 돈 몇 파운드만 썼을 뿐이야. 아마도 3~4 파운드 정도일 텐데. 그 돈이 그가 이러한 칭찬을 받을 만큼 많은 돈인가?"

"그래서 그런 것은 아니지요."

스크루지가 말했습니다. 스크루지는 유령의 말에 격분하여, 자신도 모르게 이전의, 지금의 자신이 아닌 과거의 자신처럼 말하고 있었습니다.

"그래서 그런 것은 아니고말고요, 유령님. 페치위그 사장님은 우리를 행복하게도, 불행하게도 만들 수 있는 힘을 가지고 있어요. 우리가 하는 일을 가볍게도, 부담스럽게도 만들 수 있고요. 즐거움으로도, 고된 일로도 만들 수 있어요. 말과 표정만으로도, 페치위그 사장님의 힘이 이렇게도 잘 드러나는 데, 물질적으로 너무 사소하고 하찮아서 그 힘을 셀 수도 헤아릴 수도 없다고 치자고요. 그렇더라도 어떻습니까? 페치위그 사장님이 주는 행복은, 그것이 큰 재산을 들여야만 얻을 수 있는 것이라 하더라도 결코 부족하지 않습니다."

스크루지는 유령의 시선을 느끼고 말을 멈추었습니다.

"무슨 문제라도 있는가?"

유령이 물었습니다.

"딱히, 없습니다."

스크루지가 말했습니다.

"무언가 있는 것 같은데?"

유령이 물었습니다.

"아니오, 아니오. 지금 내 서기에게 한두 마디 정도 할 수 있었으면 좋겠다고 생각했습니다. 그게 전부입니다."

스크루지가 말했습니다.

스크루지가 이런 소원을 말했을 때, 이전의 스크루지가 등불을 줄였고, 스크루지와 유령은 다시 한 번 바깥에서 나란히 서 있게 되었습니다.

"내 시간이 얼마 남지 않았다. 서둘러라!"

유령이 말했습니다.

이 말은 스크루지가 볼 수 있는 누구에게도 한 것이 아니었지만, 즉각적인 효과를 불러일으켰습니다. 다시금 스크루지는 또 다른 자신을 돌아보았습니다. 이제는 나이가 들었고, 한창 인생의 전성기에 있는 남성이었습니다. 얼굴에는 세월의 거칠고 뻣뻣한 주름은 없었으나, 이미 걱정과 탐욕의 흔적이 나타나기 시작했습니다. 눈에는 열정이 뿌리를 내렸음을 보여주는 열망과 탐욕, 안절부절못하는 기색이 깃들어 있었고, 그 욕망의 나무가 자라면서 그림자가 더욱더 넓게 드리워질 것이라는 것을 알 수 있게 드러내고 있었습니다.

스크루지는 혼자가 아니었고, 한 젊고 아름다운 소녀가 상복을 입고 옆에 앉아 있었습니다. 소녀의 눈에는 눈물이 맺혀 있었는데, 그 눈물은 과거 크리스마스의 유령이 내뿜는 빛에 반짝이고 있었습니다.

"별로 중요하지 않아요, 당신에게는 아주 사소한 일이죠. 나 대신해서 또 다른 우상이 당신에게 생겼으니까요. 그리고 만약 그 새로운 우상이 앞으로 당신을 기쁘게 하고 위로할 수 있다면, 내가 그렇게 애써왔던 것처럼 말이죠. 그렇다면 나는 더 이상 슬퍼할 이유가 없어요."

소녀가 부드러운 목소리로 말했습니다.

"어떤 우상이 당신을 대신했나요?"

스크루지가 되받아 물었습니다.

"황금이라는 하나의 우상이죠."

"이것이 세상의 공정한 처리 방식이라는 건가! 세상에서 가난만이 이토록 힘든 것이며, 부를 추구하는 것만이 그 심각성을 드러내며 엄격히 비난받는 일이라니!"

스크루지가 말했습니다.

"당신은 세상을 너무나 두려워하는군요. 당신의 다른 모든 희망들은 세상의 속물들의 비난을 피하고자 하는 그 한 가지 희망으로 가려지고 말았어요. 저는 당신의 고귀한 희망들이 하나씩 하나씩 무너져 가는 것을 보아왔어요. 결국 당신은 욕망의 노예가 되어, 돈 버는 일에만 사로잡히게 되었던 거예요. 제가 잘못 보았을까요?”

소녀가 부드러운 목소리로 계속 말했습니다.

“그래서요? 내가 세상의 물정에 밝아졌다고 칩시다, 그것이 뭐가 문제인 거죠? 당신에 대한 내 마음은 변하지 않았어요.”

스크루지가 반문했습니다.

소녀는 고개를 가로저었습니다.

“내가 변했다고요?”

“우리의 약속은 이제 너무 오래된 얘기지요. 그때는 우리가 둘 다 가난했던 시절의 약속이었죠. 인내심을 갖고 부지런히 노력하면서 재산을 늘릴 수 있기를 기대하면서, 어느 정도 만족해하던 시절의 이야기죠. 그러나 당신은 변했어요. 이 약속을 할 당시, 당신은 지금의 당신과는 확연히 다른 사람이었어요.”

“나는 그땐 어린 소년이었잖소.”

스크루지는 짜증난 듯한 목소리로 말했습니다.

“당신 스스로가 지금의 당신이 예전과 같지 않음을 잘 알고 있잖아요. 저는 변하지 않았어요. 우리가 한 마음일 때 행복을 약속하던 것이, 이제 우리의 마음이 둘이 되었으니 비참함뿐이에요. 내가 이 일을 얼마나 자주, 얼마나 깊게 고민했는지는 말하지 않겠어요. 중요한 것은 내가 그것 때문에 고민을 했고, 이제 당신을 놓아줄 수 있다는 거예요.”

소녀가 대답했습니다.

"내가 한 번이라도 나를 놓아달라고 요구한 적이 있었소?"

"말로는 아니라고 했죠. 절대 아니라고."

"그렇다면, 무엇 때문에 이러는 거요?"

"달라진 성격, 달라진 영혼, 낯선 분위기, 완전히 바뀐 목적이자 희망 때문이죠. 당신이 보기에 나의 사랑을 조금이라도 가치가 있게 만들어주었던 모든 것들 때문이죠. 만약 이 모든 것들이 우리 사이에 없었다면,……"

소녀는 부드럽지만 흔들림 없는 눈길로 스크루지를 바라보며 말했습니다.

"말해 보세요, 지금 당신이 나를 찾아와 나를 만나고 나와 결혼하려고 할 것 같아요? 아, 절대 그렇지 않을 거예요!"

스크루지는 자신도 모르게 이 소녀의 추측이 맞는다고 인정하는 듯 했습니다. 그러나 스크루지는 항변하듯이 말했습니다.

"당신은 그렇게 생각하지 않는군요."

"나도 할 수만 있다면 기꺼이 다르게 생각하겠지만, 하늘이 아십니다! 이런 진리를 알게 된 이상, 그것이 얼마나 강력한지 내가 전혀 거스를 수 없다는 것을 알아버렸어요. 그러나 만약 당신을 언제든지 내가 자유롭게 놓아준다 해도, 당신이 재산 없는 소녀를 선택할 것이라고 내가 과연 믿을 수 있겠어요? 당신은 내가 이렇게 마음을 터놓고 얘기하는 순간에도 모든 것을 이익이 되는지 안 되는지 따지는 사람이잖아요. 혹시나, 잠시라도 당신이 한때

가장 중요하게 여긴 당신의 행동 원칙을 어기고 소녀를 선택했다
고 하더라도, 당신은 금방 자신의 행동을 후회하고 슬퍼하지 않
겠어요? 난 다 알아요. 그러니까 내가 당신을 놓아주겠다는 거예
요. 진심으로 당신의 예전 모습을 한때 사랑했던 그 소녀의 추억
을 위해."

소녀가 대답했습니다.

스크루지가 말하려던 참이었으나, 소녀는 고개를 그에게서 돌
린 채 말을 계속했습니다.

"당신은 이 일로 고통을 느낄지도 모르지요. 내게 남아 있는
과거의 추억들이 저로 하여금 당신이 그럴 것이라고 기대하게 만

드는 마음이 전혀 없지는 않아요. 아주, 아주 짧은 시간에, 당신은 이 추억들을 한 푼의 이득도 없는 쓸모없는 꿈처럼 여기고 기꺼이 지워버릴 거예요. 깨어나서는 다행이었다고 생각하게 되겠지요. 당신이 선택한 삶 속에서 행복하시길 바랄게요!"

소녀는 스크루지를 떠났고, 그들은 그렇게 헤어졌습니다.

"유령이여! 더 이상 보여주지 마십시오! 저를 집으로 데려가 주십시오. 왜 저를 이토록 괴롭히시면서 즐기시는 겁니까?"

스크루지가 말했습니다.

"한 환영만 더!"

유령이 외쳤습니다.

"그만! 더 이상은 안 됩니다. 보고 싶지 않다고요. 더 이상 보여 주지 마십시오!"

스크루지는 울부짖었습니다.

하지만 무자비한 유령은 스크루지의 두 팔을 단단히 붙잡고는, 다음에 일어나는 일을 지켜보도록 강요했습니다.

스크루지와 유령은 전혀 다른 풍경과 장소에 와 있었습니다. 그다지 크거나 아름답지는 않았지만 편안함으로 가득한 방이었습니다. 겨울 벽난로 옆에는 아름다운 젊은 소녀가 앉아 있었습니다. 스크루지는 그 소녀와 조금 전의 그 소녀와 너무 닮아서 같은 사람이라고 생각할 정도였습니다. 스크루지가 딸 맞은편에 앉아 있는 그녀를 보기 전까지는 말입니다. 그 방에는 조금 전까지 보았던 소녀가 이제는 아름다운 나이가 지긋한 부인이 되어 딸과 마주 앉아 있었습니다. 이 방의 소음은 그야말로 폭풍 같았습니다. 스크루지는 도무지 셀 수 없을 만큼 아이들이 많아서 마음이 몹시 불안했습니다. 시에 나오는 유명한 구절에서 나오는 무리와는 달리, 마흔 명의 아이들이 양떼처럼 하나 되어 움직이는 것이 아니라, 모든 아이들이 마흔 명의 아이처럼 양단법석을 떨며 움직이고 있었습니다. 방은 믿을 수 없을 정도로 아수라장이 되어 몹시 소란스러웠지만 아무도 신경 쓰고 있지 않는 것 같았습니다. 오히려 어머니와 딸은 마음껏 웃으며 그 상황을 즐기고 있었습니다.

그리고 곧 이런 아수라장의 장난에 섞여 들어가기 시작한 딸은 어린 산적들에게 무자비하게 약탈당했습니다. 나도 그 아이들 중 하나가 된다면 얼마나 좋을까! 하지만 그렇게 무례할 수는 없겠지만, 못하지, 절대로 그렇게는 못해! 온 세상의 부를 다 준다고 하더라도 소녀의 저 땋은 머리카락을 마구 뭉개어 뜯어버리지는 못했을 것입니다. 그리고 소녀의 그 귀중한 작은 구두, 결코 내 목숨을 구하기 위해 그 구두를 잡아채지는 못했을 겁니다. 저 용감한 어린아이들이 장난스럽게 허리를 꽉 잡고 껴안는 짓은……, 나는 절대 그렇게 할 수 없을 겁니다. 그렇게 했다가는 벌로써 제 팔이 소녀의 허리를 감싸고 다시는 곧게 펴지지 않을 거라고 두려워했기 때문일 겁니다. 하지만 나는 솔직히 말해서, 그 소녀의 입술에 내 입술을 대어보고 싶었고, 그 소녀가 입을 벌리도록 물어보고 싶었고, 그 소녀의 내리깐 속눈썹을 바라보면서도 얼굴

을 붉히지 않았으면 싶었습니다. 또 1인치라도 값을 매길 수 없는 기념품이 될 수 있는 그 소녀의 머리카락을 풀어헤쳐 보고 싶었습니다. 간단히 말해서, 고백하건대, 나는 어린아이처럼 아주 가벼운 자유분방함을 지니고 있으면서도, 그 가치를 잘 알 만큼 남자다운 어른이었으면 싶었습니다.

그런데 갑자기 문 두드리는 소리가 들리더니, 순식간에 엄청난 붐빔이 방안에 가득 채워졌습니다. 아이들 무리의 중심은, 누더기가 된 옷을 입고 붉어진 얼굴로 웃고 있는 소녀에게서 떠나 크리스마스 장난감과 선물을 잔뜩 든 남자의 호위를 받으며 집에 돌아온 아버지를 맞이할 찰나였습니다. 고함 소리와 몸싸움이 이어졌고, 무방비 상태의 짐꾼에게 맹렬한 공격이 가해졌습니다! 의자를 사다리 삼키듯 기어올라 주머니에 뛰어들어 갈색 포장지로 싼 꾸러미를 훔치고, 넥타이를 꽉 잡고 목을 껴안고, 등을 툭툭 치고, 다리를 걷어차며 억누를 수 없는 애정을 보였습니다! 꾸러미를 하나씩 풀어헤칠 때마다 놀라움과 기쁨의 함성이 터져 나왔습니다! 아기가 입에 넣으려는 인형 프라이팬을 순간 간신히 빼앗았는데, 그 다음으로 들리는 끔찍한 소식, 나무 접시에 붙은 끈적끈적한 가짜 칠면조를 삼켰을 가능성이 높다는 소식이 있었습니다! 그러나 다행이도 이것이 거짓 경보였다는 것을 알게 된 뒤에 나오는 엄청난 안도감! 기쁨과 감사, 그리고 황홀함! 그 모든 것을 어찌 다 말로 표현할 수 있겠는가! 아이들과 그들의 감정이 점차 거실에서 빠져 나와 계단을 한 계단씩 올라가 집 꼭대기까지 올라간 것만으로도 충분했습니다. 그곳에서 그들은 잠자리에 들었고, 그렇게 가라앉았습니다.

그제야 스크루지는 그 어느 때보다 더 주의 깊게 살펴볼 수 있었습니다. 집 주인이 애정 어린 마음으로 자신의 어깨에 딸이 머리를 기대게 하고, 부인과 함께 난롯가에 앉았을 때 말입니다. 우아하고 희망으로 가득 찬 미래가 있는 소녀가 어쩌면 자신을 아버지라 부를 수도 있었으며, 자신의 삭막한 겨울 같은 인생을 활짝 꽃핀 봄과 같은 인생으로 바꿔 줄 수도 있었을 것이라고 생각하자, 스크루지의 눈시울이 뜨거워져서 시야가 아주 뿌옇게 흐려졌습니다.

남편이 미소를 지으며 부인을 향해 말했습니다.

"벨, 오늘 오후에 부인의 옛 친구를 만났어요."

"누구였어요?"

"맞춰 보세요!"

"내가 어떻게 알아요? 쯧쯧, 정말 모르겠는데요?"

부인은 남편이 웃자 따라 웃으며 덧붙였습니다.

"혹시, 스크루지 씨요?"

"맞소, 그분은 스크루지 씨였어요. 나는 그의 사무실 창문을 지나쳐가는데, 창문이 열려 있고 사무실 안에 촛불이 켜져 있어서, 그래서 그를 보지 않을 수 없었지. 그의 동업자가 죽음을 앞두고 있다고 들었었는데, 그는 혼자 사무실에 앉아 있었어요. 세상에서 정말로 홀로 남겨진 것처럼 말이요."

"유령이여! 이곳에서 제발 나를 데려가주시오."

스크루지는 떨리는 목소리로 말했습니다.

"이것들이 과거에 있었던 일들의 환영이라고 말했지 않나. 과거의 사실을 그대로 보여주는 것이니, 나를 탓하지는 말게!"

유령이 말했습니다.

"날 내려놓아 주십시오! 난 견딜 수가 없습니다!"

스크루지가 소리쳤습니다.

스크루지는 유령을 향해 몸을 돌렸고, 유령이 자신을 바라보는 얼굴 속에서 이상하게도 지금까지 스크루지에게 보여주었던 모든 얼굴의 흔적이 섞여 있는 것을 보고, 유령에게 달려들어 맞서 싸웠습니다.

"나를 내버려 두시오! 나를 다시 되돌려 놓으시오. 더 이상 나를 괴롭히지 마십시오!"

그 싸움에서-만약 상대방의 어떠한 시도에도 방해받지 않고 스스로 눈에 띄는 저항을 하지 않았던 유령의 모습을 싸움이라고 부를 수 있다면-스크루지는 그 유령의 매우 밝게 타오르고 빛이 머리 위에서 밝게 뿜어져 나오는 것을 보았습니다. 그리고 그 빛이 자신에게 미치는 영향과 희미하게 연결되었을 것이라고 느끼며, 스크루지는 소화기 뚜껑을 움켜쥐고 재빠른 동작으로 그것을 유령의 머리에 눌러 덮어 씌웠습니다.

유령은 그 아래로 내려앉았고, 소화기가 마침내 유령의 전체 모습을 덮어 눌렀습니다. 스크루지가 있는 힘을 다해 눌렀음에도 불구하고 빛을 숨길 수는 없었습니다. 빛은 소화기 아래에서 끊임없이 쏟아져 나와 땅 위로 쏟아졌습니다.

스크루지는 완전히 지쳤고, 견딜 수 없는 졸음에 사로잡혀 있었고, 게다가 지금 자기의 침실에 있다는 것을 알고 있었습니다. 스크루지는 모자를 작별의 의미로 한 번 더 꽉 잡아 비틀었다가 손을 풀었습니다. 휘청거리며 간신히 침대까지 간 스크루지는 침대에 쓰러지자마자 곤히 잠이 들었습니다.

제3장

세 유령 중 두 번째
현재 크리스마스의 유령

스크루지는 한참을 드르렁드르렁 코골이 소리를 내다가 잠에서 깨어나 침대에 앉아 생각을 정리해 보려고 했습니다. 다시 한 시를 알리는 종이 울릴 시간이 되었다는 사실을 떠올릴 필요가 없었습니다. 마치 제이콥 말리의 개입을 통해 파견된 두 번째 유령과의 회담을 하기 위한 아주 좋은 적절한 시각에 깨었다는 기분이 들었습니다. 그러나 새로운 유령이 어느 쪽 커튼을 젖힐지 궁금해지자 스크루지는 마음이 불편해지고 몸이 추워지는 것을 느꼈고, 스스로 모든 커튼을 완전히 젖혀버리고 다시 침대에 눕더니 주위를 날카로운 시선으로 샅샅이 훑어보았습니다. 스크루지는 유령이 나타나는 순간에 기겁하거나 불안해하고 싶지 않고 즉시 당당하게 맞서고 싶었습니다.

자유분방한 신사들은, 한두 가지 재주 아는 것을 자랑하고, 보통 사람들과 잘 어울리는 자신을 자랑하며, 모험에 대한 자신들의 능력이 얼마나 넓은지를 보여주기 위해 '동전 따먹기 놀이(표적 가장 가까이 동전을 던진 사람이 동전을 다 모아 던져서 앞면이 위로 나오는 돈을 모두 자기 것으로 함)부터 살인에 이르기까지 무엇이든 할 수 있다.'고 말합니다. 이러한 동전 따먹기 놀이와 살인이라는 상반된 극단적인 두 가지 모험 사이에는 분명 꽤 넓고 포괄적인 주제의 범위가 존재합니다. 그러나 스크루지처럼 그렇게 대담하게 모험에 나서본 적이 없더라도, 나는 독자 여러분에게 스크루지가 여러 이상한 현상들에 대비하고 있다거나, 아기에서 코뿔소에 이르기까지 어떤 것이 나타나서 스크루지를 크게 놀라게 할 마음은 전혀 없다는 것을 믿어주시길 바랍니다.

이제 어떤 것이 나타나든 거의 모든 것에 대비하고 있었지만, 아무것도 나타나지 않는 데에는 전혀 준비되어 있지 않았습니다. 결과적으로, 종이 1시를 알렸지만 아무 것도 나타나지 않자 스크루지는 사시나무 떨 듯 떨기 시작했습니다. 5분, 10분, 15분이 지났지만 아무 것도 나타나지 않았습니다. 스크루지는 종이 1시를 알린 이후부터 줄곧 침대에 누워 있었습니다. 시계가 정각을 알리면 침대 위로 쏟아지는 붉은 빛의 중심이었습니다. 빛일 뿐이었기에 그는 유령 열두 명보다 더 불안했습니다. 그는 그것이 무엇을 의미하는지, 무슨 일이 일어날지 알 수 없었기 때문입니다. 그리고 때로는 자신이 바로 그 순간 흥미로운 자연 발화의 한 사례가 되어 있을지도 모른다는 불안감을 느꼈지만, 그것을 안다는 위안은 얻지 못했습니다. 그래서 그냥 침대에 누워만 있을 뿐이었습니다. 그러나 마침내 스크루지는 생각하기 시작했습니다.—여러분이나 내가 처음에 생각했을 법한 것처럼 말입니다. 곤경에 처하지 않은 사람이 그 상황에서 무엇을 했어야 했는지, 그리고 틀림없이 그렇게 했을지 아는 법입니다.—마침내 스크루지는 이 희미한 빛의 근원과 비밀이 바로 옆방에 있을지도 모른다는 생각을 하기 시작했습니다. 더 자세히 살펴보니 그 방에서 빛이 새어 나오고 있는 것 같았습니다. 이 생각이 그의 마음을 사로잡자 그는 살며시 일어나 슬리퍼를 신고 옆방으로 향했습니다.

스크루지가 옆방의 손잡이에 손을 대는 순간, 낯선 목소리가 그의 이름을 부르며 들어오라고 했습니다. 스크루지는 그 방으로 순순히 들어갔습니다.

그 방은 분명 스크루지의 방이었습니다. 그 점에 대해서는 의심의 여지가 없었습니다. 하지만 놀랍게도 방은 많이 변해 있었습니다. 벽과 천장은 생동감 넘치는 살아 있는 녹색 식물들로 가득 차 완벽한 숲처럼 보였고, 숲 곳곳에서 줄기마다 밝게 빛나는 열매들이 반짝이고 있었습니다. 호랑가시나무, 겨우살이, 담쟁이덩굴의 싱그러운 잎들이 열매에서 나오는 빛에 의해 마치 작은 거울들을 여러 개 흩뿌린 듯 빛을 반사했습니다. 스크루지 시대나 말리 시대, 그리고 지난 수많은 겨울 동안 그 칙칙하고 돌처럼 굳어버린 난로가 결코 경험하지 못했던 엄청난 불꽃이 솟아올라 굴뚝까지 내뿜고 있었습니다. 바닥에는 마치 왕좌처럼 쌓여 있는 칠면조, 거위, 사냥감, 가금류, 제육, 큼직한 돼지 다리, 새끼 통 돼지 구이, 긴 소시지 화환, 민스파이, 건포도를 넣은 푸딩, 굴 한 통, 벌겋게 달궈진 밤, 앵두처럼 뺨이 벌어진 사과, 즙이 많은 오렌지, 탐스러운 배, 주현절(기독교 축제로, 서로 다른 전통에서는 열두 번째 밤의 날짜를 크리스마스 당일 또는 12월 26일부터 계산하는지에 따라 1월 5일 또는 1월 6일로 정합니다. 1월 6일은 주현절 축일로 기념되며, 이 날을 기점으로 주현절 시기가 시작됩니다.) 케이크, 그리고 펄펄 끓는 펀치가 담긴 그릇들이 놓여 있었습니다. 그 맛있는 김으로 방 안이 가득 채워져 어두컴컴했습니다. 소파에는 편안한 자세로 앉아 있는 거인이 있었는데, 보기에도 눈이 부셨습니다. 그 거인은 풍요의 뿔(선물, 풍요, 번영을 담은 항아리 또는 뿔 모양의 상징물로, 특히 추수감사절 등 풍요를 기념하는 행사에서 자주 등장합니다.)과 비슷한 모양의 활활 타오르는 횃불을 높이 들어 올려 문 뒤에서 엿보고 있는 스크루지에게 빛을 비추고 있었습니다.

“들어오라! 들어와서 나를 더 자세히 보아라, 인간이여!”

유령이 외쳤습니다.

스크루지가 조심스럽게 들어가 이 유령 앞에서 머리를 조아렸습니다. 그는 예전의 완고했던 스크루지가 아니었고, 유령의 눈이 맑고 친절했음에도 불구하고 그것을 똑바로 마주하고 싶지 않았습니다.

“나는 현재 크리스마스의 유령이다. 나를 보아라!”

유령이 말했습니다.

스크루지는 경건하게 유령을 바라보았습니다. 그 유령은 단순한 녹색 로브 또는 망토 하나를 걸치고 있었으며, 가장자리는 흰색 모피로 장식되어 있었습니다. 이 의복은 많이 큰 듯 헐렁거려서 몸에 너무 느슨하게 걸쳐져 있고, 마치 어떤 장치나 꾸밈으로 가려지는 것을 거부하는 것처럼 유령의 넓은 가슴이 그대로 드러나 있었습니다. 넓은 옷자락 사이로 보이는 발도 맨발이었으며, 머리에는 반짝이는 고드름이 박힌 호랑가시나무 화환 외에는 아무런 장식도 없었습니다. 짙은 갈색 곱슬머리는 길고 자유롭게 흘러내렸으며, 그 자유로움은 온화한 얼굴, 반짝이는 눈, 벌린 손, 명랑한 목소리, 구속되지 않은 태도, 그리고 즐거운 분위기에도 그대로 나타났습니다. 허리에는 오래된 칼집이 둘러져 있었으나, 오래된 칼집은 녹이 슬어 있었고, 그 안에는 칼이 없었습니다.

“나 같은 유령을 본 적은 없을 것이다!”

유령이 외쳤습니다.

"결코, 없습니다."

스크루지가 대답했습니다.

"내 가족 중에서 젊은 구성원들과 함께 걸어본 적이 없는가? 즉 (나는 매우 젊으니) 최근 몇 년 사이에 태어난 나의 형들 정도를 말하는 것이다."

유령은 계속 물었습니다.

"그렇지 않은 것 같습니다. 죄송하지만, 저는 없었던 것 같습니다. 유령님은 형제분이 많으신가요?"

스크루지가 말했습니다.

"천팔백 명이 넘는다."

유령이 말했습니다.

"엄청난 대가족이시네요!"

스크루지가 투덜거렸습니다.

현재 크리스마스의 유령이 자리에서 일어섰습니다.

"유령이여, 당신이 가고자 하는 곳으로 저를 안내해 주십시오. 저는 어젯밤 강제로 끌려 다녔지만, 지금생각하면 좋은 교훈을 배웠습니다. 오늘 밤, 만약 저에게 가르칠 것이 있으시다면, 그것으로부터 많은 이득을 얻게 해주십시오."

스크루지가 겸손하게 말하였습니다.

"내 겉옷에 손을 대어 보아라!"

스크루지는 지시하는 대로 유령이 겉옷을 굳게 잡았습니다.

호랑가시나무, 겨우살이, 빨간 열매, 담쟁이덩굴, 칠면조, 거위,

사냥감, 가금류, 돼지고기, 소시지, 굴, 파이, 푸딩, 과일, 펀치, 이 모든 것이 순식간에 사라졌습니다. 방과 난로, 붉은 불빛, 밤의 시간도 사라지고, 스크루지와 유령은 성탄절 아침의 도시 거리 한가운데 서 있었습니다. (날씨가 혹독했기 때문에) 사람들은 집 앞 인도에서, 그리고 지붕 위에서 떨어져 내린 눈을 치우느라고 거친 숨소리를 내쉬었지만, 활발하며 결코 불쾌하지 않은 일종의 음악들을 만들어냈습니다. 아이들은 지붕 위에서 눈이 길 아래로 쏟아져 내리며 작은 눈보라로 흩날리는 모습을 보고는 마냥 즐거워했습니다.

집들의 정면은 몹시 칙칙하고 검게 보였고, 창문은 더 검게 보여 지붕 위의 매끄러운 흰 눈과 대비되었으며, 땅 위의 더러워진 눈과는 더욱 대비를 이루고 있었습니다. 땅 위의 더러워진 눈은 마차와 수레의 무거운 바퀴에 의해 깊은 고랑으로 갈라져 있었고, 큰 거리들이 갈라지는 지점에서는 수백 번 교차하며 복잡한 수로를 이루어 두껍고 노란 진흙과 얼어붙은 웅덩이 속을 빠져서 그 자취를 알 수 없을 정도로 복잡한 미로를 만들어냈습니다. 하늘은 어두침침했고, 가장 가까운 거리조차도 희미하게 녹았다 얼었다 하는 칙칙한 안개로 가득 차 있었으며, 그 안개의 무거운 입자들이 마치 영국의 모든 굴뚝이 한꺼번에 불타오르는 듯 그을음 입자가 되어 쏟아져 내리고 있었습니다. 기후나 도시에서 특별히 기분이 좋아질 만한 것은 없었지만, 그럼에도 불구하고 청명한 여름 공기와 아주 밝은 여름 햇살조차 헛되이 퍼뜨리려 애쓸 만큼

의 쾌활한 분위기가 도시 전체에 맴돌고 있었습니다.

그것은 아마도 지붕 위에서 눈 치우는 사람들이 쾌활하고 신이 나 있기 때문이었습니다. 사람들은 지붕의 난간에서 서로에게 인사를 건네고, 이따금씩 익살스러운 눈덩이를 던지기도 했습니다. 장황한 농담보다 훨씬 더 자연스러운 미사일 같은 눈덩이였습니다. 눈이 잘 굴러가면 마음껏 웃었고, 잘못 굴러가면 더할 나위 없이 마음껏 웃었습니다. 양계장 가게들은 아직 반쯤 문을 열고 있었고, 과일 가게들은 그 영광에 찬란히 빛나고 있었습니다. 쾌활한 노신사들의 조끼처럼 생긴 크고 둥글며 배가 불룩한 밤바구니들이 문 앞에 늘어져 있다가, 마치 폭신폭신한 모습으로 거리로 굴러 떨어지기도 했습니다. 붉고 갈색 얼굴에 굵은 스페인 양파는 스페인 수도사처럼 뚱뚱하고 싱싱하게 자라나 마치 지나가는 소녀들을 향해 선반에서 음탕한 장난기 어린 눈짓을 던지기도 하며, 나무에서 높이 매달린 겨우살이를 얌전히 흘끗 쳐다보기도 했습니다. 배와 사과는 꽃이 만발한 피라미드처럼 높게 쌓여 솟아 있었습니다. 가게 주인들이 호의를 베풀어 눈에 잘 띄는 갈고리에 매달아 지나가는 사람들의 입에서 침을 흘릴 수 있도록 만든 포도송이도 있었습니다. 이끼 긴 갈색 개암나무 더미는 향기로 숲 속을 거닐던 옛 시절을 떠올리게 했고, 발목까지 차오르는 시든 낙엽이 수북이 쌓인 길을 기분 좋게 발을 질질 끌며 걸었던 추억이 생각났습니다. 땅딸막하고 거무스름한 노퍽산 요리용 사과는 오렌지와 레몬의 노란색을 돋보이게 하며, 육즙이 풍부한

몸집으로 저녁 식사 후 종이봉투에 담아 집으로 가져가 달라고 간절히 애원하는 듯 했습니다. 그릇에 담긴 이 맛있는 과일들 사이에 놓인 어항 속의 금빛과 은빛 물고기는, 비록 둔하고 피가 돌지 않는 종족이었지만, 무언가가 일어나고 있음을 아는 듯, 그들의 작은 세상을 느릿느릿하고 무감각한 흥분으로 빙빙 돌며 숨을 헐떡였습니다.

식료품점! 오, 식료품점! 거의 닫혔는데, 아마도 두 곳, 아니면 한 곳의 덧문이 내려져 있었습니다. 하지만 그 덧문 틈으로 식료품점 안을 엿볼 수가 있었습니다! 카운터에 있는 저울은 즐거운 소리를 내며 내려가고, 노끈과 롤러가 그렇게 빨리 서로 이별하는 것도, 통들이 저글링처럼 위아래로 덜컹거리는 것도, 심지어 차와 커피가 섞인 향이 코에 그렇게 기분 좋은 것도, 심지어 건포도가 그렇게 풍부하고 희귀한 것도, 아몬드가 그렇게 극도로 하얗게, 계피 막대가 그렇게 길고 곧으며, 다른 향신료들이 그렇게 맛있고, 설탕에 절인 과일이 너무나 잘 뭉쳐지고 녹은 설탕이 묻어 있어서 가장 침착한 구경꾼도 아찔해하며 나중에는 다리가 후들거릴 정도였다는 것도, 무화과가 촉촉하고 과육이 풍부한 것도, 프랑스산 자두가 화려하게 장식된 상자에서 적당히 신맛으로 붉어지는 것도, 모든 것이 먹기 좋아 보였고, 모든 것이 크리스마스에 잘 어울리는 것만 같았습니다. 하지만 식료품점의 손님들은 크리스마스에 대한 기대가 너무 큰 나머지 모두 너무 서둘러서 문에서 서로 부딪히고, 시장바구니를 마구 부수고, 구입한 물건을 카운터에 두고 돌아갔다가 다시 와서 가져가는 등, 기분이 너무 들떠 있어서 수백 가지의 비슷한 실수를 저질렀습니다. 반면 식료품점 주인과 그의 직원들은 너무 솔직하고 싱그러워서 앞치마를 뒤로 묶고 여민 윤이 나는 하트 모양의 단추가, 밖에서 구경꾼들의 볼거리 삼아 내어놓거나, 크리스마스에 까마귀가 원하면 쪼아 먹으라고 달아 놓은 진짜 심장같이 보였습니다.

곧 교회 종탑의 종이 모든 사람들을 성당과 예배당으로 부르기 시작했으며, 사람들은 가장 좋은 옷과 가장 화사한 얼굴을 하고 거리로 떼를 지어 몰려나왔습니다. 동시에, 수많은 골목, 작은 길, 이름 없는 모퉁이에서 헤아릴 수 없는 많은 사람들이 나타나 자신들의 성찬을 마련하느라 빵집으로 몰려들었습니다. 이 가난한 사람들의 모습을 보고 유령은 매우 흥미로워하는 것 같았습니다. 유령은 스크루지 옆에서 빵집 문간에 서서, 사람들이 다가올 때 덮개를 들어 올리며 횃불로 그들의 성찬 위에 향을 뿌렸습니다. 그 횃불은 아주 특별한 것 같았습니다. 성찬 배달자들 사이에 서로 다툼이 일어나 몇 번 언쟁이 오갔을 때, 유령은 그들에게 횃불에서 몇 방울의 물을 떨어뜨렸고, 그러자 그들은 유쾌한 기분이 바로 회복되었습니다. 그들은 말했습니다.

"성탄절에 다툼을 벌이는 것은 부끄러운 일이야."

그리고 실제로도 그랬습니다! 정말로 아주 부끄러운 일이죠!

시간이 지나자 종소리는 멈추었고, 빵집들은 문을 닫았습니다. 그럼에도 불구하고, 각 빵집의 화덕 위의 젖은 얼룩에서 모든 성찬과 요리 과정이 고스란히 드러나는 그림자가 비치고 있었습니다. 거리에서는 마치 길바닥의 돌들도 함께 요리되는 것처럼 연기가 피어올랐습니다.

"횃불에서 뿌리는 물속에 뭔가 특별한 맛을 내는 것이 들어 있나요?"

스크루지가 물었습니다.

"있지. 나 자신만의 것이."

"오늘 먹는 어떤 종류의 음식에도 어울릴 수 있나요?"

스크루지가 물었습니다.

"기꺼이 주는 음식에는 어느 것이나. 특히 가장 가난한 사람의 음식에는 더욱 잘 어울리지."

"왜 가난한 사람의 음식에 가장 잘 어울리죠?"

스크루지가 물었습니다.

"왜냐하면 그것이 가난한 사람의 음식에 가장 필요한 것이기 때문이지."

"유령이여, 내가 궁금한 것은, 우리 주변의 수많은 세계 속 존재들 중에서, 어찌하여 유령님은 이 사람들의 순수한 즐거움의 기회를 빼앗느냐 하는 것입니다."

스크루지가 잠시 생각한 후 말했습니다.

"내가!"

유령이 외쳤습니다.

"유령님은 그들에게서 매주 일곱째 날마다 식사를 할 수 있는 기회를 빼앗으려는 것이지요. 그날이야말로 그들이 성찬을 즐길 수 있는 거의 유일한 날인데요, 그렇지 않습니까?”

스크루지가 말했습니다.

“내가!”

유령이 외쳤습니다.

“유령님은 제 칠일에 이 상점들이 문을 닫기를 바라지 않습니까? 결국 이 사람들의 순수한 즐거움의 기회를 빼앗는 것이나 다름이 없지요.”

스크루지는 말했습니다.

“내가 바랐다고!”

유령이 외쳤습니다.

“제가 잘못 알았다면 용서하십시오. 제 칠일에 상점들이 문을 닫는 것은 유령님의 이름으로, 혹은 적어도 가족의 이름으로 이루어졌습니다.”

스크루지는 말했습니다.

“너희 세상에는, 우리라고 주장하며, 열정, 자만, 악의, 증오, 질투, 편협, 이기심을 충족시키기 위해 행하면서 그것을 우리의 이름으로 하는 이들이 있다. 그들은 우리는 물론 우리 모든 친척을 통틀어 이 세상에 살았었는지도 모를 정도로 우리와는 전혀 무관한 낯선 사람들이다. 이 점을 잘 기억하고, 그들의 행위에 대한 비난을 우리에게 돌리지 말고 그들 자신에게 돌리어라.”

유령이 대답했습니다.

스크루지는 그렇게 하겠다고 약속했습니다. 그리고 스크루지와 유령은 이전과 마찬가지로 보이지 않는 상태로 마을 교외로 나갔습니다. 스크루지가 빵집에서 이미 목격한 바와 같이, 이 유령의 놀랄 만한 특징 중 하나는 거대한 체구임에도 불구하고 어떤 장소에도 불편함 없이 자기의 몸을 그 장소에 맞게 적응할 수 있다는 점이었습니다. 또한 낮은 지붕 아래에서도 천장이 높은 홀에서나 가능한 우아하고 초자연적인 존재처럼 서 있을 수 있었습니다.

아마도 이 착한 유령이 스크루지를 서기의 집으로 향하게 했던 것은, 자신의 힘을 과시하는 데서 느끼는 기쁨이었거나, 아니면 그의 친절하고 관대한 성격과 가난한 사람들에 대한 공감 때문이었는지 모릅니다. 그렇게 유령은 스크루지를 그의 겉옷에 매달고서 서기의 집으로 데리고 갔습니다. 문지방에 이르러 유령은 미소를 지으며 잠시 멈춰, 자신이 들고 있는 횃불의 물을 뿌리며 봅 크래치트의 집을 축복했습니다. 생각해 보시라! 봅은 일주일에 주급으로 단지 15파운드밖에 받지 못했고, 토요일마다 자신의 세례명 이름과 같은 15개의 봅 동전만을 주머니에 넣어가지고 집으로 돌아올 뿐입니다. 그럼에도 불구하고 현재 크리스마스의 유령은 봅 크래치트의 네 칸짜리 집을 축복하고 있으니!

그러자 봅 크래치트의 아내인 크래치트 부인이 나타났습니다. 부인은 두 번이나 뒤집어 꿰맨 허름한 가운을 차려입었지만, 6펜스를 주고 구입한 값싼 리본들을 주렁주렁 달아서 나름대로 멋을 냈습니다. 부인의 둘째 딸인 벨린다 크래치트의 도움을 받아 식탁보를 깔았습니다. 벨린다 역시 리본을 주렁주렁 달고 있었습니다. 피터 크래치트는 그 옆에서 엄청나게 넓은 셔츠 칼라(이 셔츠는 봅 크래치트의 것이었는데, 이 날을 기념하여 그의 장자인 아들이자 상속인에게 물려준 것입니다.)의 모서리를 입에 물고는, 감자 스튜가 들어 있는 냄비에 사정없이 포크를 꽂아 넣었습니다. 피터 크래치트는 자신이 그렇게 말쑥하게 차려입은 것이 기뻤으며, 부유층이 애용하는 공원에서 린넨 셔츠를 자랑하고 싶었습니다. 이제 두 명의 어린 크래치트, 소년과 소녀가 부엌 밖에서 뛰어 들어오더니 밖에서 거위 냄새를 맡았다고, 그것이 자기 집에서 나는 냄새라는 것을 알았다고 소리쳤습니다. 그리고 세이지(약용·향료용 허브)와 양파에 대한 사치스러운 생각에 잠겨, 이 어린 크래치트들은 식탁 주위를 춤추며, 피터 크래치트를 하늘 끝까지 아주 멋있다고 찬양했습니다. 피터 크래치트는 (그렇게 자랑스러워하지는 않았지만, 셔츠 칼라에 거의 질식할 정도였습니다.) 천천히 익어가고 있는 감자가 이제는 다 삶아졌다고 냄비에서 꺼내서 껍질을 벗겨달라고 냄비 뚜껑을 연신 큰 소리로 두드릴 때까지 계속해서 화덕의 불을 불었습니다.

"그럼 지금까지 너희들의 소중한 아버지에게 무슨 일이 있었던 걸까?"

크래치트 부인이 말했습니다.

"그리고 너희들의 형제, 꼬맹이 팀은 또 어떻고! 마사도 지난 크리스마스 때만해도 30분 정도 일찍 와 있었을 텐데 말이다.”

“엄마, 마사는 여기 있어요!”

한 소녀가 소리치며 나타났습니다.

“여기 마사가 있대요, 엄마! 만세! 여기, 여기 정말 아주 큰 거위가 있어요!”

두 어린 크래치트 아이들이 외쳤습니다.

“이런, 세상에, 내 사랑스러운 딸, 왜 이렇게 늦게 온 거니!”

크래치트 부인은 말하면서 마사 크래치트에게 열두 번도 더 입을 맞추고, 숄을 끌러 준다고 보닛(아기들이나 예전에 여자들이 쓰던 모자로 끈을 턱 밑에서 묶게 되어 있음)을 벗겨 준다고 아주 열심히 위세를 부렸습니다.

“어젯밤에 마무리해야 할 일이 많았어요. 그래서 오늘 아침에 싹 다 정리도 해야 했어요, 엄마!”

마사 크래치트가 대답하며 말했습니다.

“좋아! 어쨌든 네가 왔으니 다행이구나. 내 사랑, 난롯불 앞에 앉아 따뜻하게 몸 좀 녹이려무나. 주님께서 너를 축복하시길!”

크래치트 부인이 말했습니다.

“안 돼요, 안 돼! 아버지가 오시잖아요. 마사, 숨으렴. 어서 숨으라고!”

사방에 흩어져 있던 두 어린 크래치트 남매가 외쳤습니다.

그래서 마사 크래치트는 자신의 몸을 숨겼고, 그때 왜소한 체구의 밥, 마사의 아빠가 들어왔습니다. 밥 크래치트의 앞에는 끝에 달려 있는 술을 제외하더라도 최소한 1미터 정도는 족히 될 긴 목도리를 늘어뜨리고, 오래된 낡은 양복은 덧대어 꿰맸으며, 그나마 계절에 맞게 잘 보이도록 다림질 되어 있었습니다. 그리고 그의 어깨에는 꼬맹이 팀을 목말 태우고 있었습니다.

안타까운 꼬맹이 팀, 손으로는 작은 목발을 짚고 있었으며, 다리는 철로 된 지지대로 지탱하고 있었으니.

“이게 웬일이지, 우리 마사가 안 보이네?”

봅 크래치트가 둘러보며 외쳤습니다.

“아직 오지 않았어요.”

크래치트 부인이 말했습니다.

“안 왔다고!”

봅 크래치트가 들떴던 기분이 갑작스럽게 사그라들면서 함께 말했습니다. 봅 크래치트는 교회에서 집까지 오는 내내 꼬맹이 팀의 혈기 왕성한 말 노릇을 하겠다며 흥분해 있었기 때문입니다.

“크리스마스인데, 아직도 안 오다니!”

마사 크래치트는 아빠가 농담일지라도 실망하는 모습을 보는 것을 원치 않았기에, 숨어 있던 장롱 문 뒤에서 뛰어 나와 아빠의 품에 달려들었고, 두 어린 크래치트 남매는 꼬맹이 팀을 부지런히 잡아끌고 부엌으로 데리고 와서, 구리 냄비 속에서 푸딩이 보글보글 끓는 소리를 들을 수 있게 해주었습니다.

크래치트 부인은 남편이 남의 말을 너무나 잘 믿는다고 한바탕 놀려댔습니다. 봅 크래치트가 딸 마사를 한참동안 포옹하고 있을 때, 크래치트 부인은 남편에게 물었습니다.

“그러면 우리 꼬맹이 팀은 어땠나요?”

“황금만큼이나 착했지, 아니 그보다 더 낫지. 팀은 혼자 깊은 생각에 빠져서 아주 오랜 시간 동안 혼자 앉아 있더군. 우리가 듣도 보도 못한 아주 희한한 생각들을 했다오. 팀은 집에 돌아오는 길에 교회에서 모든 사람들이 자신을 보았으면 좋겠다고 말했어요. 팀은 절름발이 불구자였기 때문에, 사람들이 성탄절에 누가 절름발이 거지들을 걷게 하고, 눈먼 사람들을 보게 했는지를 기억하면 즐거울지도 모르겠다고 했어요."

밥 크래치트가 말했습니다.

밥 크래치트는 이 말을 전할 때 목소리가 매우 떨리고 있었고, 꼬맹이 팀이 튼튼하고 건강하게 자랄 수 있다고 덧붙일 때는 더욱 목소리가 떨렸습니다.

꼬맹이 팀의 작은 목발 소리가 마룻바닥 위에서 콩콩거리며 소리를 냈고, 다른 말이 채 끝나기도 전에 꼬맹이 팀이 형과 누나의 부축을 받아 난롯가 의자 앞으로 돌아와 의자에 앉았습니다. 그리고 밥은 소매를 걷어 올리며—불쌍하게도 이미 초라한 꼴이 더 초라해질 수 있다는 것을 보여주려고 하는 것처럼—주전자에 레몬과 진을 함께 넣고 휘휘 저어서 잘 섞은 후, 선반(냄비 등을 데우는 데 쓰기 위해 난로 옆에 쇠로 만들어 붙인) 위에 올려놓고 김이 올라올 때까지 부글부글 끓였습니다. 그 사이 피터 크래치트 군과 어디에나 불쑥불쑥 나타나는 꼬마 크래치트 남매는 거위를 가지러 갔고, 곧 장엄하고 당당한 행진을 하면서 돌아왔습니다.

거위가 모든 새 중에서 가장 희귀한 새라고 생각하는 것처럼 집안 전체가 너무나 부산을 떨었습니다. 깃털이 달린 경이로운 새, 검은 백조조차도 거위에 미치지 못합니다. 현실적으로 이 집안에서는 거위의 존재가 그 정도로 많은 대접을 받았습니다. 크래치트 부인은 (작은 냄비에 미리 준비해 둔) 그레이비(고기를 익힐 때 나온 육즙에 밀가루 등을 넣어 만든 소스)를 뜨겁게 쉿쉿 소리가 나도록 펄펄 끓였습니다. 피터 크래치트는 믿기지 않을 정도로 아주 힘차게 열정적으로 감자를 으깨었습니다. 벨린다 크래치트는 사과 소스에 설탕을 더 첨가해서 달게 만들었으며, 마사 크래치트는 뜨거운 접시를 닦았습니다. 봅은 탁자의 한 켠 구석, 자신의 옆자리에 꼬맹이 팀을 앉혔습니다. 꼬마 크래치트 남매는 모든 식구들을 위해 의자를 준비했고, 자신들이 앉을 의자도 잊지 않고, 모두 정리하고 나서 보초병들이 하듯이 기둥 뒤에서 보초를 서고, 자기들 차례가 오기 전에 거위를 달라고 소리치지 않도록 숟가락을 입에 쑤셔 넣어 입을 틀어막았습니다. 마침내 식탁 위에는 접시가 차려졌고, 감사의 기도를 올렸습니다. 크래치트 부인이 칼을 따라 천천히 살펴보며 거위의 가슴에 꽂을 준비를 하는 동안, 식탁 주위는 숨 막히는 침묵이 이어졌습니다. 드디어 크래치트 부인이 거위의 가슴에 칼을 푹 꽂고 모든 식구들이 오랫동안 기다려온 거위 뱃속의 재료들이 밖으로 터져 나오자, 식탁에는 기쁨의 중얼거림이 전체에 퍼졌습니다. 심지어 두 어린 남매 크래치트를 따라 흥분한 꼬맹이 팀조차도 칼자루로 탁자를 두드리며 가느다란 목소리로 '만세!'라고 외쳤습니다.

이렇게나 멋진 거위는 결코 존재하지 않을 것입니다. 봅은 이렇게 훌륭하게 요리된 거위는 실제로 믿기지 않는다고 말했습니다. 이 거위의 부드러움과 풍미, 엄청난 크기와 저렴한 가격은 모든 가족의 이야기꺼리의 대상이 되었습니다. 여기에다가 사과 소스와 으깬 감자와 함께 제공되니, 온 가족이 충분히 만족해하며 먹을 수 있는 훌륭한 성찬이 되었습니다. 실로, 크래치 부인이 큰 기쁨 속에서 말하길(접시 위에 있는 거위의 작은 뼈 조각 하나를 살펴보며), '결국 모두 다 먹지는 못했네!' 그런데도 식구 모두가 충분히 배부르게 먹었고, 특히 꼬마 크래치트 남매는 세이지와 양파에 눈썹까지 푹 빠져서 열심히 먹어댔습니다. 이제 벨린다 크래치트가 새 접시를 교체하자, 크래치트 부인은 너무도 신경이 예민해져서 누군가의 시선을 견딜 수 없을 것만 같아 홀로 방을 떠나 푸딩을 가져오기 위해 슬그머니 자리를 나섰습니다.

설마 푸딩이 충분하지 않으면 어쩌지! 가져오려고 꺼내다가 부서트리면 어떡하지! 누군가가 뒷마당의 담을 넘어와서 가족들이 거위를 즐기는 동안 푸딩을 훔쳐갔다면 어떡하지! 이런 가정에 꼬마 크래치트 남매의 얼굴이 창백해질지도 몰라! 크래치트 부인은 이런 끔찍하고 두려운 상상들이 떠올랐습니다.

어머나! 김이 엄청 무럭무럭 피어오르네! 크래치트 부인은 구리 냄비에서 푸딩을 꺼냈습니다. 마치 빨랫감을 세탁할 때 나는 냄새! 맞습니다! 그것은 바로 빨랫감이었습니다. 서로 붙어 있는 음식점과 제과점, 그 옆에 있는 세탁소의 냄새가 모두 섞여 있는 듯한 냄새! 바로 그것이 푸딩의 냄새였습니다! 30초도 안 되서, 크래치트 부인이 얼굴이 붉게 상기되었지만 자랑스러운 미소를 지으며 푸딩을 들고 들어왔습니다. 그 푸딩은 얼룩말 무늬의 대포알처럼 단단하고 견고하며, 브랜디를 조금 뿌려서 불을 붙였고,

꼭대기에는 크리스마스 호랑가시나무로 장식되어 있었습니다.

오, 멋진 푸딩! 밥 크래치트는 차분한 목소리로 그 푸딩이 결혼 이후 크래치트 부인이 만들어낸 솜씨 가운데서도 가장 성공적인 작품이라고 말했습니다. 크래치트 부인은 이제야 마음의 부담을 좀 덜었으며, 한때는 밀가루의 양을 어떻게 하면 좋을지 엄청 걱정했었다고 고백했습니다. 모두가 이 푸딩에 대해 의견을 나누었지만, 어느 누구도 푸딩이 대가족에게는 너무 터무니없이 작다고 말하지 않았으며, 아니 그런 생각조차도 하지 않았습니다. 가족 누군가가 그렇게 말했다면, 그 사람은 엄청난 이단자이며, 어떤 크래치트라도 그런 말을 암시하거니 비추기라도 한다면 부끄러워서 얼굴이 붉어질 만한 일이었습니다.

마침내 저녁 성찬이 모두 끝나자, 식탁보를 걷어내고, 난롯가 주변을 정리하고 난로의 불길은 다시 키웠습니다. 주전자 속의 혼합 음료를 맛보니 제법 좋았으며, 사과와 오렌지를 식탁 위에 올리고, 밤을 굽기 위해 장작 위에 한 삽 가득 얹었습니다. 그리고는 크래치트 가족 모두가 난로 주위에 모여 앉았고, 봅 크래치트가 '원' 모양으로 난롯가에 둘러앉으라고 했지만, 실제로는 반원 모양으로 앉았습니다. 봅 크래치트의 팔꿈치 옆에는 가족이 사용하는 유리잔들이 놓여 있었습니다. 두 개의 텀블러(굽과 손잡이가 없고 바닥이 납작한 큰 잔)와 손잡이가 없는 커스터드(우유나 달걀 노른자에 설탕, 향미료 따위를 섞어 굽거나 쪄서 크림처럼 만든 과자) 담는 그릇 한 개였습니다.

이 유리잔들은 주전자에 있는 뜨거운 내용물을 담을 때 사용하는 황금 잔만큼이나 역할을 충분히 해냈습니다. 그리고 봅 크래치트는 흐뭇한 표정으로 혼합 음료를 나누어 주었고, 난롯불

위의 밤은 '타닥타닥' 소리를 내며 시끄럽게 튀며 껍질이 터졌습니다. 그때 봅 크래치트가 잔을 높이 들어 올리며 말했습니다.

"사랑하는 나의 가족들, 즐거운 크리스마스를 축하한다. 하나님의 축복이 함께하길!"

가족 모두가 봅 크래치트의 말을 따라서 되풀이하여 메아리쳤습니다.

"하나님! 우리 모두에게 축복을 내려주소서!"

마지막으로 꼬맹이 팀이 축복했습니다.

꼬맹이 팀은 아버지 옆에 바싹 붙어서 작은 의자에 자리했습니다. 봅 크래치트는 꼬맹이 팀의 가냘픈 작은 손을 자신의 손으로 꽉 잡았습니다. 마치 그 아이를 너무도 사랑하여 곁에 두고 싶고, 누군가에게 아들을 빼앗길까봐 두려워하는 듯이 말입니다.

"유령이여, 꼬맹이 팀이 살 수 있을지 알려주십시오."

스크루지가 이제껏 느껴본 적이 없는 관심을 갖고 말했습니다.

"초라한 벽난로 구석에 빈자리가 보이는구나. 그리고 주인 없는 목발이, 아주 정성껏 보관되어 있다. 만약 미래에 이 환영이 바뀌지 않는다면, 그 아이는 죽게 될 것이다."

유령이 대답했습니다.

"안 돼요, 안 돼, 오, 아니 됩니다. 자비로운 유령이여! 저 불쌍한 아이가 죽음을 모면할 수 있다고 말씀해 주십시오."

스크루지가 말했습니다.

"만약 미래에도 이 환영들이 변하지 않는다면, 내 종족 중 어느 누구도 저 아이를 여기서 볼 수는 없을 것이다. 그래서 뭐가 문제가 된가는 것이냐? 저 아이가 죽을 운명이라면, 차라리 그것을 받아들이는 것이 낫지 않겠는가? 과잉 인구를 줄이는 편이 될 테고."

유령이 응답했습니다.

스크루지는 과거에 자신이 한 말을 유령이 그대로 따라서 인용하는 것을 듣고 고개를 숙였으며, 참회와 슬픔이 엄습했습니다.

"인간이여, 만약 자네의 마음이 목석처럼 감정이 무감각하지 않다면, 먼저 과잉 인구가 무엇인지, 그것이 어디에 있는지 알게 될 때까지 그런 사악한 위선적인 말들일랑 일체 삼가라. 네가 어떤 사람이 살아야 하고 어떤 사람이 죽어야 하는지를 결정할 수 있겠느냐? 하나님의 눈으로 볼 때, 자네가 저 불쌍한 아이와 같은 수백만의 가난한 사람들의 아이들보다 더 쓸모없고 살아갈 자격이 없을지도 모른다. 아, 신이시여! 나뭇잎 위의 벌레 같은 인간이 자신의 배고픈 형제들 가운데 과잉 인구가 있다는 소리를 하다니!"

유령이 말했습니다.

스크루지는 유령의 신랄한 꾸짖음에 몸을 굽히고 벌벌 떨면서 눈을 깔고 땅만 바라보았습니다. 그러나 자신의 이름이 불리는 것을 듣자마자 재빨리 고개를 들어 그들을 쳐다보았습니다.

"스크루지 사장님! 오늘의 성찬을 베풀어 주신 스크루지 사장님을 위하여 건배!"

밥 크래치트가 말했습니다.

“퍽이나 축복 받을만한 이 성찬을 베풀어 주신 분이시구려! 그가 여기 있었으면 좋겠어요. 내 마음속에 담고 있는 말들을 한 바가지 그에게 해주고 싶어요. 그가 그것을 맛있게 먹어주기를 바랄 뿐이에요.”

크래치트 부인이 얼굴을 붉히며 소리쳤습니다.

“여보, 아이들이 있잖소! 즐거운 크리스마스 날이에요.”

밥 크래치트가 말했습니다.

“분명히 즐거운 크리스마스 날이에요. 바로 그런 지독하고, 인색하고, 냉정한 스크루지 씨 같은 사람의 건강을 위해 건배를 하는 날 말이에요. 당신도 알잖아요, 로버트! 그 누구보다 당신이 더 잘 알고 있죠, 불쌍한 사람!”

크래치트 부인이 말했습니다.

“여보, 즐거운 크리스마스 날이잖소.”

밥 크래치트가 부드러운 목소리로 대답했습니다.

“나는 그의 건강을 위해서가 아니라, 당신과 크리스마스 날을 위해서 건배의 잔을 들겠어요. 그에게는 오랫동안 건강하길! 즐거운 크리스마스와 행복한 새해가 되기를! 그는 틀림없이 정말 기쁘고 행복할 거예요!”

크래치트 부인이 말했습니다.

아이들도 엄마의 뒤를 따라 건배를 했습니다. 이 건배는 오늘 만찬에서 처음으로 힘이 없이 진행된 축배였습니다. 꼬맹이 팀이 마지막으로 축배를 마셨지만, 전혀 성의가 없었습니다. 스크루지는 가족 중에서 오우거(이야기 속에 나오는 사람을 잡아먹는 거인)같은 존재였습니다. 스크루지라는 이름만 언급되었을 뿐이지만 즐거워야할 만찬에 어두운 그림자가 드리워졌습니다. 그 그림자는 장장 5분 동안이나 가시지 않았습니다.

그 어두운 그림자가 가신 후, 크래치트 가족은 악의적인 스크루지의 존재가 사라졌다는 안도감에 전보다 열 배는 더 즐거웠습니다. 밥 크래치트는 가족들에게 아들 피터 크래치트에게 돈을 벌 수 있는 일자리를 알아봐 줄 것이며, 일이 잘 풀린다면, 주당 5실링 6펜스를 받을 수 있을 거라고 말했습니다. 어린 크래치트 남매는 피터 크래치트가 직장인이 된다는 생각에 크게 웃었으며, 피터 크래치트는 마치 어리둥절하게 만드는 수입을 받게 된다면, 그 돈으로 무엇을 해야 할지 고민하는 듯, 옷깃 사이로 난롯불을 깊은 생각에 잠긴 듯 바라보았습니다. 여성용 모자를 파는 가게에서 그리 많지 않은 월급을 받으면서 일하고 있는 마사 크래치트는 가족들에게 자신이 어떤 일을 하는지, 한 번에 얼마나 많은 시간을 일하는지, 그리고 내일 아침은 푹 쉬어야 하기 때문에 침대에 누워 있을 계획이라고 말했습니다. 마사 크래치트는 며칠 전에 백작부인과 영주를 만났는데, 그 영주는 "피터만큼 키가 크다."고 했습니다. 그 말을 듣고, 피터 크래치트는 옷깃을 너무 높이 올려서 만약 여러분이 거기에 있었더라도 도저히 그의 머리를 볼 수 없었을 겁니다. 이렇게 이야기들을 하는 동안 군밤과 혼합 음료가 담긴 주전자는 몇 순배 돌고 또 돌았고, 얼마 지나지 않아 애처로운 작은 목소리로 꼬맹이 팀이 '눈 속을 여행하는 길 잃은 아이'에 대한 노래를 정말 잘 불렀습니다.

이 장면에서는 특별한 점은 없었습니다. 그들은 잘생긴 가족도 아니었고, 그럴듯하게 옷을 잘 차려입지도 않았으며, 신발은 방수화하고는 거리가 멀었고, 입고 있는 옷은 낡고 후줄근했습니다. 그리고 피터 크래치트는 전당포 내부를 잘 알고 있었을 수도 있고, 아마도 실제로 알았을 것입니다. 하지만 그들은 행복했고, 서로에게 감사하며, 서로에게 만족하고, 현재의 시간에 만족해하고 있었습니다. 그리고 이제는 그들이 점점 희미하게 사라져가고 있었습니다. 유령이 그 자리를 벗어날 때 유령의 횃불이 비추는 밝은 불빛 속에서 그 가족은 더욱 행복해 보였습니다. 스크루지는 그 가족들을 주의 깊게 바라보았으며, 특히 꼬맹이 팀을 마지막 순간까지 눈에서 떼지 않고 눈여겨보았습니다.

이때쯤 되자 하늘에는 어둠이 깔리고, 눈도 하염없이 펑펑 내리고 있었습니다. 스크루지와 유령이 거리를 걸어가면서, 부엌, 거실, 그리고 온갖 다양한 종류의 방에서 타오르는 황홀한 화롯불의 열기를 볼 수 있었습니다. 여기서는, 불 앞에서 속까지 뜨겁게 달궈진 접시들이 놓인 아늑한 저녁 식사 준비를 어른거리는 불빛이 보여주고 있었고, 바깥으로부터의 추위와 어둠을 막기 위해 준비된 두꺼운 빨간 커튼이 있었습니다. 저기서는, 결혼한 형제자매들, 사촌들, 삼촌들, 그리고 이모들을 맞이하기 위해 제일 먼저 인사하려고 그 집의 모든 아이들은 눈 속으로 뛰어 달려 나오고 있었습니다. 또 다른 이쪽에서는 손님들이 모이는 모습이 창문 블라인드에 그림자가 그대로 비쳤고, 또 다른 저쪽에서는 거기서 한 무리의 멋진 소녀들은, 모두 모자를 쓰고 털 부츠를 신은 채, 동시에 떠들며 가볍게 근처 이웃집으로 몰려가는 모습이 있었습니다. 고민에 빠져 한숨을 내뱉는 독신 남자는-교활한 마녀들임을 자신들이 잘 알고 있었습니다.-불빛 속에서 반짝이며 들어오는 그녀들의 모습을 보았습니다!

하지만, 친근한 모임에 가는 수많은 사람들의 수를 짐작한다면, 모든 집들이 손님을 기다리기 위해 장작을 벽난로 굴뚝 중간 높이까지 쌓아두고 있었다기 보다는 도착했다고 하더라도 아무도 집에 없어 맞이해주는 이가 없을 지도 모른다고 생각했습니다. 사실은 그곳에 축복이 함께 하길, 유령이 얼마나 기뻐했는지! 넓은 가슴을 활짝 드러내고, 넓은 손바닥을 펼쳐, 손이 닿는 모든 것에 밝고 유익한 즐거움을 아낌없이 퍼뜨리며 돌아다니는 모습이 얼마나 즐거워보였는지! 심지어 크리스마스를 즐겁게 보내기 위해 멋지게 차려입고서, 어둑한 거리를 다니면서 가로등불을 밝히는 등불지기조차, 유령이 지나가는 것을 보고 크게 웃었습니다. 그 등불지기는 자신이 크리스마스 말고 다른 누군가가 함께 있을 줄은 꿈에도 알지 못했지만요!

그리고 이제 스크루지와 유령은-유령은 어디를 간다는 아무런 예고도 없었습니다.-황량하고 버려진 황야에 서 있었습니다.

그곳에는 마치 거인들의 묘지인 듯한 거대한 원시 돌덩어리들이 있었고, 물은 가고 싶은 대로 아무 곳으로나 흘러가고 있었으나, 서리가 그 물줄기를 잡고 있지 않았다면 분명히 그렇게 했을 것입니다. 자라는 것은 이끼와 가시덤불, 그리고 거친 풀이 전부였습니다. 서쪽 지평선에는 저녁 해가 화염 같은 붉은 줄기를 남겼으며, 그 붉은 줄기는 순간적으로 황량함 속에서 노려보는 눈처럼 빛났고, 더 낮게, 더 낮게, 더 낮게 찌푸린 채 가장 어두운 밤의 짙은 어둠 속으로 사라져갔습니다.

"여기는 어디입니까?"

스크루지가 물었습니다.

"대지의 창자에서 일하는 광부들이 사는 곳, 하지만 그들은 나를 알고 있단다. 보아라!"

유령이 대답했습니다.

어느 오두막 창문에서 불빛이 새어나왔고, 스크루지와 유령은 재빨리 그 불빛을 향해 나아갔습니다. 스크루지와 유령은 진흙과 돌로 된 벽을 지나자, 활활 타오르는 난로 주위에 즐겁게 모여 있는 사람들을 발견했습니다. 늙은, 너무나 늙은 노부부와 그들의 자녀들, 손자손녀들, 그리고 그 너머에 또 다른 한 세대까지, 모두들 크리스마스를 기념하여 옷을 화려하게 차려입고 있었습니다. 노인은 바람이 황무지를 스쳐 부는 소리에 묻힐 만큼 낮은 목소리로 후손들에게 크리스마스 캐럴을 불러주고 있었는데, 이 크리스마스 캐럴은 노인이 소년이었을 때 불렀던 그 노래로 아주 오래된 크리스마스 캐럴이었습니다! 가끔 가족 모두가 합창으로 함께 참여하기도 했습니다. 모두가 목소리를 높여 부르는 만큼, 노인은 매우 즐겁고 큰 소리로 노래를 같이 불렀고, 모두의 노랫소리가 잠잠해질 때면, 노인의 목소리도 가라앉았습니다.

유령은 여기서 오래 머무르지 않았고 스크루지에게 자신의 옷자락을 잡으라고 한 뒤, 황야를 지나 빠르게 날아갔습니다. 어디로 가는 거지? 설마 바다는 아니겠지? 바다로 가는 거였습니다. 스크루지가 뒤돌아보니 땅의 마지막 끝, 무서운 바위들 뒤에 유령과 함께 서 있었습니다. 그리고 천둥 같은 파도 소리에 귀가 멍해졌습니다. 파도는 바다와 바위를 넘나들면서 포효하고, 스스로 만들어 낸 끔찍한 동굴 사이를 굽이치고, 포효하면서 거칠게 휘몰아쳤습니다.

해안에서 몇 리쯤 떨어진 암초의 거무스름한 암반 위, 사계절 내내 파도에 부딪히고 부서지는 곳에 홀로 외로이 등대 하나가 서 있었습니다. 등대 기슭에는 거대한 해초 더미가 붙어 있었고, 폭풍 속에서 태어난 듯한 바닷새들―마치 해초가 바다 물속에서 자라나듯이 바닷새는 바람에서 태어나는지도 모릅니다.―이 파도 주위를 오르락내리락 하며, 자신들이 스치듯 미끄러져 지나가는 파도와 같이 움직였습니다.

하지만 바로 이곳에서도, 빛을 비쳐주는 등대지기 두 남자는 불을 피우고, 두꺼운 돌담의 총구멍으로 으스스한 바다 위로 한 줄기 빛을 내뿜었습니다. 등대지기들은 앉아 있던 표면이 고르지 않은 탁자 위에서 굳은 손을 맞잡고, 서로 그로그주(원래 럼주에 물을 탄 것)를 마시면서 함께 즐거운 크리스마스를 축복했습니다. 그리고 그들 중 나이가 많은 한 사람-거친 바다의 날씨로 인해 상처와 흉터로 가득 찬 얼굴이 마치 오래된 배의 선수에 매단 장식처럼 보였습니다.-이 폭풍 같은 힘찬 뱃노래 한가락을 불러댔습니다.

유령은 다시금 검고 거센 바다 위를 빠르게 계속해서 날고 날아, 스크루지에게 말한 것처럼 육지라고는 전혀 보이지 않는 해안으로부터 멀리 떨어진 곳에서, 어느 한 척의 배에 다다랐습니다. 스크루지와 유령은 선두에서 망을 보는 조타수 옆 보초를 서고 있는 선원들 옆에 섰습니다. 그들 각자는 어둡고 유령처럼 괴상한 몰골을 하고 있었지만, 모두 크리스마스 캐럴을 흥얼거리거나, 크리스마스에 대한 기억을 떠올리거나, 혹은 속삭이듯 동료에게 예전의 크리스마스에 대한 추억을 동료들과 이야기하며, 다시 그 때로 돌아가고 싶은 희망을 품고 있었습니다. 그리고 배에 타고 있는 모든 사람들-깨어 있든 잠들었든, 선하든 악하든-은 크리스마스 날에는 연중 어떤 날보다도 다른 이에게 친절한 말을 서로 주고받았으며, 어느 정도 축제에도 참여했고, 멀리 떨어진 소중한 이들을 기억하며, 그들도 또한 자신들을 기억하리라는 것을 잘 알고 있었습니다.

스크루지는 바람의 신음 소리를 들으며, 얼마나 장엄한 일인가를 감탄하면서, 그 깊이가 죽음만큼이나 깊은 비밀로 가득 차 있는 알려지지 않은 심연 위의 외로운 어둠 속을 지나가는 것에 대해 크게 놀라고 있었습니다. 이런 생각에 잠겨 있을 때, 갑자기 어디선가 들려오는 호탕한 웃음소리를 들었습니다. 그 웃음소리의 주인은 다름이 아닌 자신의 조카였습니다. 더군다나 유령이 조카의 곁에서 미소 지으며 서서 조카를 호의적으로 바라보고 있는 밝고 건조하며 빛나는 방 안에 스크루지 자신도 또한 같이 서 있는 것을 발견했을 때, 스크루지는 더욱 큰 놀라움을 금치 못했습니다.

"하하! 하하하!"

스크루지의 조카가 호탕하게 웃었습니다.

만약 혹시라도 여러분 중에, 극히 드물겠지만, 스크루지의 조카보다 웃음을 더 호탕하게 웃을 수 있는 사람을 알고 있다면, 제가 드릴 수 있는 말은 그 사람을 알고 싶다는 것입니다. 저에게 그를 소개해 주신다면 저는 그와 교분을 한번 쌓아 볼 생각입니다.

질병과 슬픔에도 전염성이 있지만, 이 세상에서 웃음과 유머처럼 저항할 수 없이 전염성이 강한 것은 없으니까 이 얼마나 공정하고 공평하며 숭고한 만물의 이치겠는가! 스크루지의 조카가 이렇게 옆구리를 감싸고, 머리를 굴리며, 얼굴을 가장 과장된 표정으로 뒤틀면서 웃어젖힐 때, 스크루지의 조카며느리는 조카만큼이나 마음껏 웃어젖혔습니다. 그리고 여기에 모인 조카의 친구들도 조금도 뒤지지 않고, 힘차게 웃음을 터뜨렸습니다.

"하, 하! 하, 하, 하, 하!"

"외삼촌이 크리스마스를 엉터리라고 말했다니, 정말 믿기 어렵다! 외삼촌은 정말로 그렇게 믿고 있단 말이야!"

스크루지의 조카가 외쳤습니다.

"정말 부끄러운 일이군요, 프레드!"

스크루지의 조카며느리가 격분하여 말했습니다. 이런 여자들에게 축복을! 그들은 결코 일을 대충 하지 않습니다. 항상 진심으로 일에 임합니다.

조카며느리는 매우 아름다웠습니다. 정말로 아름다웠습니다. 보조개가 깊이 파인, 놀란 듯한 표정을 한 어여쁜 얼굴이었습니다. 키스하고 싶게 만들어진 듯한, 또 실제로도 그렇게 보이는 불그스레한 작은 입과 웃을 때 서로 녹아드는 턱 주위의 온갖 작은 점들, 그리고 어떤 작은 생물의 눈에서도 볼 수 있는 가장 밝고 맑은 두 눈. 조카며느리는 전체적으로 사람들을 더할 나위 없이 자극하는, 충분히 만족스러운 미인이었습니다. 오, 완전히 완벽한 존재였습니다.

"외삼촌은 정말 익살스러운 노인이야. 정말로, 유쾌하게 살 수도 있는데 유쾌하게 사는 법을 모르는 듯. 그의 삐딱한 성격은 언젠가는 벌을 받게 될 텐데, 나야 뭐 그분에게 따로 할 말이 없긴 하지만."

스크루지의 조카가 말했습니다.

"그는 아주 부유하죠? 프레드, 적어도 항상 그렇게 말했잖아요."

스크루지의 조카며느리가 넌지시 물었습니다.

"그래서요? 여보! 외삼촌의 재산은 그에게 아무런 쓸모가 없어요. 외삼촌은 그것으로 아무런 선을 행하지도 않아요. 외삼촌은 그것으로 자신의 안위에 사용하지도 않아요. 외삼촌은 그 재산으로 우리에게 호의를 베풀어 줄 것이라는 생각에서 오는 만족감조차 누리지 못한다고요! 하, 하, 하!"

스크루지의 조카가 말했습니다.

"전 그런 부류의 사람들을 보면 참을 수가 없어요!"

스크루지의 조카며느리가 말했습니다. 스크루지의 조카며느리의 자매들과 다른 모든 숙녀들도 동감을 표명했습니다.

"아, 저야 물론 알고 있지요! 외삼촌을 불쌍히 여기지 않을 수 없어요. 설령 외삼촌에게 화를 내려고 해도 화를 낼 수가 없어요. 외삼촌의 못된 변덕으로 인해 고생하는 사람이 누구일까요! 항상 자기 자신이거든요. 여기, 외삼촌은 우리를 싫어하기로 마음먹고, 우리와 함께 식사하러 오지도 않겠다고 했어요. 그 결과는 어떨까요? 외삼촌은 별로 대단한 만찬을 잃는 것도 아니지만요."

스크루지의 조카가 말했습니다.

"하지만 난 정말로, 외삼촌이 아주 훌륭한 저녁 만찬을 놓치셨다고 생각해요."

스크루지의 조카며느리가 말을 끊었습니다. 다른 모든 사람들도 같은 의견이라고 했습니다. 그들은 지금 막 저녁 만찬을 마쳤기 때문에 충분히 시시비비를 가릴 만한 평가를 내릴 수 있는 사람들이었습니다. 후식이 식탁 위에 놓여 있고, 램프 불빛 아래 난롯가에 옹기종기 모여 있었으니까요.

"정말 그랬나요? 이렇게 듣게 되어 매우 기쁘군요. 저는 이 젊은 주부들을 크게 신뢰하지 않거든요. 토퍼, 자넨 어떻게 생각해?"

스크루지의 조카가 말했습니다.

토퍼는 분명 스크루지 조카며느리의 여동생 두 명 중 한 아가씨를 눈독을 들이고 있었던 것 같습니다. 토퍼는 독신남은 불쌍한 사회적 낙오자일 뿐이며, 이 문제에 대해 의견을 말할 권리가 없다고 대답했습니다. 그러자 스크루지 조카며느리의 여동생 중 레이스 깃을 단 통통한 아가씨(장미꽃을 단 아가씨가 아닌)가 얼굴을 붉혔습니다.

"계속 말씀하세요, 프레드. 이이는 말하려는 것을 결코 끝맺지를 못해요! 참으로 우스꽝스러운 사람이지 않나요?"

스크루지의 조카며느리가 손뼉을 치며 말했습니다.

스크루지의 조카는 또 한 번 호탕하게 크게 웃어젖혔고, 이런 웃음의 전염성을 막는 것이 불가능했기 때문에, 아로마 향초 냄새로 웃음의 전염을 막으려고 열심히 노력한 통통한 아가씨도 결국에는 웃음을 참지 못했으며, 조카의 웃음을 모든 사람들이 따라서 웃음을 터뜨리고 말았습니다.

"내가 말하려던 건, 외삼촌이 우리를 싫어해서 함께 즐겁게 어울리지 못한 결과, 내 생각에는 그가 즐거운 순간들을 놓치게 되었다는 거지. 그게 외삼촌에게 해가 될 건 아니지만. 외삼촌은 곰팡이 낀 오래된 사무실이나 먼지가 잔뜩 쌓인 방에서 홀로 생각에 잠겨있는 것보다는 더 좋은 즐거운 시간을 잃은 건 분명하지. 나는 외삼촌이 좋아하든 좋아하지 않든 상관 없이 매년 같은 기회를 주고 싶어, 왜냐하면 외삼촌이 너무나 불쌍하기 때문이야. 외삼촌은 죽는 날까지 크리스마스를 속임수라고 분노할지라도, 내가 매년 거기에 가서 기분 좋게 '스크루지 외삼촌, 잘 지내시죠?'라고 말하는 걸 여러 번 보다보면 어쩔 수 없이 크리스마스에 대한 생각을 바꾸게 될 거야. 그래서 가엾은 서기에게 50파운드를 남겨줄 용기라도 생기게 된다면, 그것만으로도 다행이지. 어제 아무래도 내가 외삼촌의 마음을 좀 흔들었던 것 같아."

스크루지의 조카가 말했습니다.

스크루지의 조카가 스크루지의 마음을 흔들었다는 말을 듣고 이제는 다른 사람들이 호탕하게 웃을 차례였습니다. 그러나 그들은 타고난 선량함에 무엇을 놓고 웃는지는 크게 개의치 않았고, 어쨌든 웃기만 하면 되었기에, 스크루지의 조카는 그들의 즐거움을 북돋우려 기쁘게 술잔을 돌렸습니다.

차를 마신 후, 그들은 음악을 즐겼습니다. 그들은 음악적인 가정이었고, 반주가 없는 합창이나 돌림 노래를 부를 때 무엇을 하고 있는지 잘 알고 있었다는 것을 나는 장담할 수 있습니다. 특히 토퍼는 훌륭한 낮은 저음으로 베이스 가수처럼 노래할 수 있었으며, 아무리 높은 음이라고 하더라도 이마에 핏대가 서거나 얼굴이 붉어지는 경우가 없었습니다. 스크루지의 조카며느리는 하프를 잘 연주했고, 여러 곡 중에서도 간단한 작은 곡조(별것 아닌 것: 1~2분 만에 휘파람으로 불 수 있는 곡)를 연주했습니다. 이 곡조는 과거 크리스마스의 유령이 스크루지를 어린 시절로 데리고 갔을 때, 기숙학교에서 스크루지를 데리고 나간 여자 아이에게 들은 익숙한 곡이었습니다. 이 음악이 울려 퍼지자, 과거 크리스마스의 유령이 보여준 모든 장면이 그의 기억에 다시 떠올랐습니다. 스크루지의 마음은 점점 더 누그러졌고, 만약 수년 전부터 이 음악을 자주 들을 수 있는 기회가 있었더라면, 자신의 행복을 찾기 위해 스스로 삶의 친절을 베푸는 마음을 굳이 제이콥 말리를 묻은 교회 묘지의 장의사의 삽을 쓰지 않고도 가질 수 있었을 것이라고 생각했습니다.

하지만 그들은 저녁 내내 음악에만 몰두하지는 않았습니다. 잠시 후, 그들은 벌금 놀이를 시작했습니다. 가끔은 어린아이 시절로 돌아가 보는 것도 좋고, 크리스마스보다 더 좋은 때는 없었습니다. 크리스마스의 위대한 창시자도 바로 어린아이가 아니겠습니까. 잠깐! 가장 먼저 장님 놀이가 있었습니다. 물론, 있었습니다. 그리고 나는 토퍼의 부츠에 눈이 달려있다고 믿지 않는 것처럼, 토퍼가 진짜 눈이 멀었다고도 믿지 않습니다. 내 생각에는 토퍼와 스크루지의 조카 사이에 이미 정해진 뭔가가 있었고, 현재 크리스마스의 유령은 그것을 알고 있었을 것입니다. 인간 본성의 순진함에 대한 모욕적이게도, 토퍼는 레이스 깃을 단 통통한 아가씨를 쫓아다녔습니다. 토퍼는 부젓가락에 넘어지고, 의자에 걸려 넘어지고, 피아노에 부딪히고, 커튼 사이에 끼어 숨이 막혀도, 그 아가씨가 가는 곳마다 따라다녔습니다! 토퍼는 항상 그 통통한 아가씨가 어디 있는지 기가 막히게 잘도 알고 있었으며, 다른 사람은 누구도 잡지 않았습니다. 만약 여러분이 토퍼에게 일부러 부딪힌다면(그들 중 몇몇은 그렇게 했습니다.), 그는 여러분을 붙잡으려는 척했을 것이고, 그것은 당신의 이해력을 모욕하는 짓이었을 것이며, 곧바로 통통한 아가씨 쪽으로 슬쩍 비켜섰을 것입니다. 그 아가씨는 가끔 불공평하다고 소리쳤으며, 실제로도 정말 그랬습니다. 하지만 마침내 토퍼가 그 통통한 아가씨를 붙잡았을 때, 아가씨가 비단결처럼 부드러운 옷을 바스락거리고 재빠르게 그를 지나쳐 가려는데, 토퍼는 그 통통한 아가씨를 빠져나갈 수 없는 구석으로 몰아넣었을 때, 그의 행동은 가장 가증스러웠습니다. 토퍼는 그 통통한 아가씨를 모르는 척하고, 머리 장식을 만졌고, 그녀가 누구인지 저 정확하게 확인한다고 더 나아가 손가락에 어떤 반지를 끼고 목에 어떤 목걸이를 걸었는지 만지작거리기도 하고, 가장 비열하고 끔찍한 짓이었습니다! 장님 놀이의 술래가 바뀌는 동안, 토퍼와 통통한 아가씨가 커튼 뒤, 그렇게 비밀스런 장소에 함께 있을 때, 아마도 그 통통한 아가씨는 토퍼에게 자신이 느낀 감정을 틀림없이 말했을 것입니다.

스크루지의 조카며느리는 장님 놀이에 참여하지 않았고, 스크루지와 유령이 바로 뒤에서 지켜보는 아늑한 구석에서 큰 의자

에 앉아 발판에 발을 올리고 편안하게 자리를 잡고 쉬고 있었습니다. 그렇지만 벌금 놀이에는 참여했고, 알파벳 모든 문자로 감탄할만한 문장을 만들었습니다. 마찬가지로 '언제, 어디서, 어떻게'를 맞추는 놀이에서도 그녀는 매우 뛰어났으며, 토퍼가 말하기를 엄청 머리가 좋은 동생들을 무색할 정도로 완전히 이겨버려서, 그것을 본 스크루지의 조카는 남모르게 즐거워했습니다. 거기에는 젊은 사람과 나이 든 사람 합쳐서 스무 명 정도가 있었고 모두 게임에 참여했으며, 스크루지도 또한 마찬가지였습니다. 스크루지는 놀이 진행 상황에 몰입한 나머지 자신이 아무리 크게 목소리를 내어도 그들의 귀에는 들리지 않는다는 사실을 잊고 때때로 큰 소리로 추측한 말을 내뱉었으며, 상당히 자주 정확히 맞추기까지 했습니다. 날카로운 바늘로, 절대로 바늘귀가 부러지지 않는다고 보장하는 최고급 화이트채플의 바늘조차도 스크루지만큼 예리하지 못했습니다.

유령은 스크루지가 몰두하고 있는 것을 보고는 매우 기분이 좋았으며, 스크루지를 매우 호의적으로 바라보았습니다. 스크루지는 소년처럼 손님들이 떠날 때까지 여기에 머물 수 있게 해 달라고 유령에게 간청했습니다. 그러나 유령은 더 이상 머무는 것은 안 된다고 말했습니다.

"새로운 게임입니다. 한 번만, 유령이여! 단 한 번만, 30분만요!"

스크루지가 말했습니다.

그것은 '예, 아니오'라는 놀이었습니다. 이 놀이는 스크루지의 조카가 어떤 것을 생각하고 나머지 사람들이 그것이 무엇인지 알아맞히는 것이었으며, 그는 오직 그들의 질문에 상황에 따라 '예' 또는 '아니오'로만 대답하는 것이었습니다. 사람들의 질문이 불꽃 튀듯이 퍼부어지고 그로부터 한 가지씩 궁금증이 풀려서 그가 생각하고 있는 것이 동물이라는 것을 밝혀냈습니다. 살아 있는 동물, 다소 불쾌한 동물, 사나운 동물, 때때로 으르렁대고 꿀꿀거리는 동물, 때때로 말하는 동물, 런던에 살고 길거리를 돌아다니는 동물이며, 사람들에게 전시되지 않고, 아무에게도 끌려 다니지 않으며, 동물원에서 살지 않고, 시장에서 결코 잡히지 않은 동물이며, 말이나 당나귀, 소나 황소, 호랑이, 개, 돼지, 고양이, 곰이 아님을 밝혀냈습니다. 새로운 질문이 제시될 때마다, 스크루지의 조카는 또다시 폭소를 터뜨렸고, 참을 수 없이 즐거워서 소파에서 일어나 발을 구르기도 했습니다. 마침내 통통한 아가씨도 조카와 비슷한 상태에 빠져 소리쳤습니다.

"제가 알아냈어요! 무엇인지 알아요, 프레드 형부! 무엇인지 정확히 압니다!"

"뭘까요?"

프레드가 외쳤습니다.

"형부의 외삼촌, 스크루-우-우-우지십니다!"

확실한 정답이었습니다. 모두들 존경심의 감정이었지만, 일부는 "곰인가요?"라는 질문에 대한 대답은 '예'라고 해야 했다고 항의했습니다. '아니오'라는 대답을 해서, 그들이 정답에 가까운 생각을 하고 있었는데, 그들의 생각을 스크루지 씨로부터 다른 방향으로 돌리기에 충분했다는 것입니다.

"외삼촌이 우리를 엄청 즐겁게 해주셨습니다. 그러니까 외삼촌의 건강을 위해서 건배하지 않는다면 그것은 예의에 맞지 않은 일이 될 것입니다. 지금 바로 손에 닿는 따뜻한 와인 한 잔이 준비되어 있습니다. 그러니 제가 먼저 말하겠습니다, '스크루지 외삼촌의 건강을 위하여!'"

프레드가 말했습니다.

"스크루지 외삼촌의 건강을 위하여!"

그들이 외쳤습니다.

"즐거운 크리스마스와 행복한 새해가 되기를, 그가 누구든지! 그가 내 축복의 말을 받아들이지 않더라도, 그래도 그에게 복이 있기를 바랍니다. 스크루지 외삼촌!"

스크루지의 조카가 말했습니다.

스크루지는 눈에 띄지 않게 마음이 밝고 명랑해져서, 유령이 시간을 주었다면 실제로 들리지는 않는다고 하더라도 그들에게 화답하며 감사를 표했을 것입니다. 그러나 그 모든 장면은 그의 조카가 마지막으로 한 말을 끝으로 사라져 지나갔고, 스크루지는 다시 유령과 함께 여행을 계속하게 되었습니다.

스크루지와 유령은 많은 것을 보고, 먼 길을 갔으며, 많은 집을 방문했지만, 항상 행복한 결말을 맞이했습니다. 유령이 곁에서 있으면 병상에 누워 있는 환자는 생기를 찾았고, 외국 땅에 있는 사람은 고향 집에 있는 듯 편안했고, 고통 받는 사람들은 더 큰 희망 속에서 인내했고, 가난 속에 찌든 사람은 누구보다도 풍요로웠습니다. 허영에 가득한 인간이 자신의 작은 권한으로 문을 굳게 닫고 영을 내쫓지 않은 곳, 즉 구빈원, 병원, 감옥, 그리고 불행의 모든 피난처에서, 유령은 축복을 주고 스크루지에게 교훈을 가르쳤습니다.

이 모든 것들이 단지 하룻밤 만에 일어난 일이라면, 참으로 엄청 긴 밤이었을 것입니다. 그러나 스크루지가 이 점에 대해 의구심을 갖고 있었습니다. 유령과 함께 보낸 시간 속에 크리스마스 연휴가 그대로 들어 있는 것처럼 보였기 때문입니다. 또 한 가지 이상한 점은, 스크루지는 외형상 변함이 없었던 반면, 유령은 분명히 나이가 더 들어 보였다는 것입니다. 스크루지는 이러한 변화를 알았지만, 결코 그것에 대해 말하지는 않았습니다. 그러던 중 아이들의 주현절 축제 파티를 떠난 뒤, 탁 트인 공간에 함께 서 있을 때 유령을 바라보며, 그의 머리카락이 희끗희끗해진 것을 알아차렸습니다.

"유령들의 수명이 짧은가봐요?"

스크루지가 물었습니다.

유령은 대답했습니다.

"내 수명은 이 지구상에서 매우 짧지. 오늘 밤에 끝나거든."

"오늘 밤이라고요!"

스크루지가 외쳤습니다.

"오늘 밤 자정까지. 들어라! 그 시간이 다가오고 있다."

그 순간 종소리는 11시 45분을 알리고 있었습니다.

"제가 여쭤보는 것이 옳지 않다면 용서해 주십시오. 하지만 제 눈에는 이상한 것이, 유령님의 몸이 아닌 것 같은 것이 옷자락에서 튀어나와 보입니다. 그것이 발인가요, 아니면 발톱인가요?"

스크루지가 유령의 옷을 뚫어지게 바라보며 말했습니다.

"살이 붙어 있지 않으니, 발톱일 수 있겠군. 이쪽을 보아라."

유령은 슬픈 목소리로 대답했습니다.

유령은 옷 접힌 부분에서 두 아이를 끄집어냈습니다. 불쌍하고, 비굴하며, 무섭고, 흉측하고, 비참한 모습의 아이들이었습니다. 그들은 유령의 발치에 무릎을 꿇고 옷 겉면을 꽉 붙잡았습니다.

"오, 세상에! 여기를 봐라. 여기를 보라고, 바로 여기 내 발 밑!"

유령이 외쳤습니다.

그들은 한 소년과 소녀였습니다. 노랗고, 야윈, 누더기를 걸친, 찡그린, 늑대 같은 모습이었지만, 또한 공손하게 엎드려 있었습니다. 밝은 혈기가 그들의 얼굴을 채우고 가장 신선한 색조로 빛어주었어야 할 얼굴을, 마치 늙은이의 손처럼 생기 없고 주름진 손이 꼬집고, 비틀고, 갈기갈기 찢어 놓은 것 같았습니다. 천사들이 왕관을 쓰고 군림했어야 할 자리에는 악마가 숨어 위협적으로 노려보고 있었습니다. 놀라운 창조의 신비를 통틀어, 인간성의 어느 단계에서도, 변화나 타락, 왜곡 같은 것이 이토록 끔찍하고 두려운 괴물을 만들어내지는 못했을 것입니다.

스크루지는 깜짝 놀라 뒤로 물러섰습니다. 이 아이들을 보고, 어쨌든지 스크루지는 훌륭한 아이들이라고 말하려고 했지만, 그 말은 너무 거대한 거짓말이라 실제로 내뱉지도 못하고 목이 메어 말문이 막혔습니다.

"유령이여! 그들이 당신의 아이들입니까?"

스크루지가 더 이상은 말을 잇지 못했습니다.

"그들은 인간의 아이들이다. 그들은 부모로부터 떠나서 나에게 매달려 있는 것이다. 이 소년은 '무지' 이 소녀는 '빈곤'이다. 둘 다 조심하라, 그리고 그들과 같은 모든 등급을 조심하라. 하지만 무엇보다도 이 소년을 조심하라. 그의 이마에 '파멸'이라는 글씨가 보인다. 그 글씨가 지워지지 않는 한, 부정하라!"

유령이 그들을 내려다보며 말했습니다.

유령이 외치며 도시를 향해 손을 뻗었습니다.

"그 말을 하는 자들을 비방하라! 당신의 비뚤어진 목적을 위해 무지를 허락하라, 더욱더 무지하게 만들어라. 그리고 파멸을 기다려라!"

"이들을 도와줄 피난처나 방법이 없나요?"

스크루지가 외쳤습니다.

"감옥이 없는가? 구빈원도 없어?"

유령은 마지막으로 스크루지의 말을 그대로 되돌리며 그에게 말했습니다.

종이 12시를 알렸습니다.

스크루지는 유령을 찾기 위해 주위를 둘러보았지만, 찾지 못했습니다. 마지막 종소리가 울림을 멈추자, 스크루지는 늙은 제이콥 말리의 예언을 떠올리며 눈을 들어 보니, 땅 위를 안개처럼 스며들며 다가오는 장엄한 유령이 망토를 두르고 모자를 쓴 채 나타났습니다.

제4장

세 유령 중 마지막
미래 크리스마스의 유령

유령은 느리고, 엄숙하게, 조용히 다가왔습니다. 유령이 스크루지 가까이 다가오자, 스크루지는 무릎을 꿇었습니다. 이 유령이 움직이는 공기 속에는 마치 우울함과 신비로움이 사방으로 뿌려지는 듯했습니다.

유령은 머리와 얼굴과 형체를 가린 크고 검은 망토로 뒤덮여 있었고, 뻗어 있는 한 손만이 드러나 있었습니다. 만약 이 한 손이 없었다면, 유령의 형체를 어둠과 분리하고, 그것을 둘러싼 어둠 속에서 구별해내기 어려웠을 것입니다.

스크루지는 유령이 곁에 다가왔을 때 키가 크고 위엄 있어 보였으며, 그 신비로운 존재가 자신에게 엄숙한 두려움을 안겨 준다고 느꼈습니다. 그러나 그 유령은 말도 하지 않고 움직이지도 않았기 때문에 스크루지로서는 그 유령에 대해서 그 이상은 알 수가 없었습니다.

"나는 지금 내게 오기로 되어 있는 크리스마스의 유령 앞에 서 있는 것입니까?"

스크루지가 먼저 말을 꺼냈습니다.

그 유령은 대답하지는 않았지만, 손으로 앞을 가리켰습니다.

"당신은 지금 나에게 아직 일어나지 않았지만 앞으로 일어나게 될 일들의 환영을 보여주시려는 거죠, 그렇습니까, 유령이여?"

스크루지가 계속해서 물었습니다.

의복의 상단 부분은 마치 유령이 머리를 숙인 것처럼 순간적으로 그 주름 속에서 움츠러들었습니다. 그것이 스크루지가 받은 유일한 대답이었습니다.

이때쯤 되면 유령과의 교제에 익숙해졌음에도 불구하고, 스크루지는 그 말이 없는 유령의 형체를 너무 두려워한 나머지 다리가 떨렸고, 뒤따르기 위해 준비할 때 거의 서 있을 수가 없었습니다. 유령은 스크루지의 이런 모습을 살피며 잠시 멈춰서, 그가 회복할 시간을 주려는 것 같았습니다.

그러나 스크루지는 유령의 모습에 더욱 심하게 떨고 있었습니다. 어슴푸레한 장막 뒤에 유령 같은 눈이 그를 뚫어지게 바라보고 있다는 사실은 그를 불확실하고 막연한 공포로 온몸을 떨게 했으며, 스크루지는 자신의 눈을 최대한 크게 뜨고 애써 바라보았지만, 보이는 것은 유령의 손과 하나의 거대한 검은 덩어리뿐이었습니다.

"미래의 유령이여!"

스크루지가 외쳤습니다.

"저는 지금까지 본 그 어떤 유령보다도 당신이 더 두렵습니다. 그러나 당신의 목적이 저를 착한 인간으로 만들려는 것임을 알기에, 그리고 저 또한 제가 과거와는 다른 사람으로 살아가길 바라기에, 저는 기꺼이 당신과 동행하며 감사하는 마음으로 따를 준비가 되어 있습니다. 저에게 어떠한 말씀이라도 해 주시지 않겠습니까?"

유령은 스크루지에게 아무런 대답도 하지 않았습니다. 유령의 손만 그들 앞을 똑바로 향하고 있었습니다.

"앞장서십시오! 앞장서세요! 밤이 빠르게 저물고 있습니다. 나에게는 소중한 시간이란 것을 잘 알고 있습니다. 계속 앞장서 나아가십시오, 유령이여!"

스크루지가 말했습니다.

유령은 스크루지에게 다가왔던 것처럼 물러났습니다. 스크루지는 유령의 망토 그림자 속을 따라갔습니다. 망토 그림자가 자신을 떠받치고 데리고 가는 것이라고 생각했습니다.

스크루지와 유령이 거의 도시 안으로 들어간 것 같지는 않았습니다. 오히려 도시가 스크루지와 유령 주위로 솟아올라와, 스크루지와 유령을 감싸는 듯 보였습니다. 어쨌든 스크루지와 유령은 도시의 중심부에 있었습니다. 상인들 사이에서, 상인들이 분주하게 오르내리는 금전 교환소에 서 있었습니다. 스크루지가 자주 목격했던 장면 그대로 주머니 속의 동전을 딸깍거리며, 그룹을 지어 대화를 나누고, 시계를 들여다보며, 금으로 만든 커다란 도장을 사색하듯 만지작거리고 있었습니다.

유령은 한 무리의 사업가 옆에 멈춰 섰습니다. 유령의 손이 그들을 가리키는 것을 본 스크루지는 그들의 이야기를 듣기 위해 다가갔습니다.

"아니오, 저도 그 일에 대해서는 잘 모릅니다. 제가 아는 건 그저 그 노인이 죽었다는 것뿐입니다."

거대한 몇 겹의 턱을 가진 뚱뚱한 남자가 말했습니다.

"그가 언제 돌아가셨습니까?"

다른 사람이 물었습니다.

"어젯밤이라고 알고 있습니다."

"왜, 그에게 무슨 일이 있었던 거죠?"

세 번째 사람이 매우 큰 담뱃갑에서 코담배를 꺼내며 물었습니다.

"그는 결코 죽지 않을 줄 알았습니다."

"하나님만이 아십니다."

첫 번째 사람이 하품하며 말했습니다.

"그럼, 그의 재산은 어떻게 한다고 하던가요?"

붉어진 얼굴을 한 신사가 물었습니다. 그의 코끝에는 칠면조의 아가미처럼 흔들리는 늘어진 혹이 달려 있었습니다.

"듣지 못했습니다. 아마 그의 회사에 맡겼겠지요. 저에게는 말기지 않았습니다. 제가 아는 것은 그게 전부입니다.”

거대한 몇 겹의 턱을 가진 남자가 다시 하품하며 말했습니다.

이 말을 듣고 모두는 웃음을 터뜨렸습니다.

“아마도 매우 저렴한 장례식이 될 것 같습니다, 솔직히 말해, 참석할만한 사람이 있는지 모르겠습니다. 우리끼리라도 조문단을 만들어 자원해서 가보는 것이 어떻겠습니까?”

거대한 몇 겹의 턱을 가진 남자가 계속해서 말했습니다.

“점심이 제공된다면 기꺼이 가겠습니다. 저를 가게 하려면 반드시 식사를 제공해야 합니다.”

코끝에 혹이 난 신사가 관찰하듯 말했습니다.

또 한 번 모든 이들은 웃음을 터뜨렸습니다.

“글쎄요, 결국 저는 여러분 중에서 가장 무관심한 사람입니다. 저는 검은 장갑을 끼지도 않고, 점심도 먹지 않을 테니까요. 하지만 다른 누군가가 가겠다고 하면 저도 가기는 하겠습니다. 생각해보니, 저는 그 노인의 친한 친구 중 한 명이 아니었나 싶기도 합니다. 우리가 길에서라도 우연히 만나면 언제나 잠시 멈춰서 이야기를 나누기도 했으니까요. 그럼 안녕히 계세요!”

처음으로 말을 꺼낸 사람이 말했습니다.

말하던 사람이나 듣는 사람이나 자리를 떠 다른 무리들에 섞였습니다. 스크루지는 그 사람들을 알고 있었고, 유령에게 설명을 해달라는 듯이 바라보았습니다.

유령은 날아가듯 한 거리를 스쳐 지나갔습니다. 유령은 손가락으로 만나고 있는 두 사람을 가리켰습니다. 스크루지는 무슨 얘기인가 들어볼 요량으로 다시 귀를 기울였습니다. 혹시나 이곳에서 뭔가 설명이 있을지도 모른다고 생각했기 때문입니다.

스크루지는 이 남자들도 아주 잘 알고 있었습니다. 그들은 사업가로서, 매우 부유하고 중요한 인물들이었습니다. 스크루지는 항상 그들로부터 존경을 받는 것을 목표로 삼아왔습니다. 비즈니스 관점에서, 즉 철저히 비즈니스 관점에서 말입니다.

"안녕하세요?"

한 사람이 말했습니다.

"잘 지내십니까?"

다른 사람이 대답했습니다.

"자! 악마가 드디어 끝장이 났다는군요. 그렇죠?"

첫 번째 남자가 말했습니다.

"그렇게 들었습니다만, 춥지 않습니까?"

두 번째 사람이 대답했습니다.

"원래 크리스마스 때가 되면 그렇지요. 혹시 스케이트를 타시나요?"

"아니요. 타지 않습니다. 다른 걸 생각하고 있습니다. 그럼 안녕히 계십시오!"

더 이상은 말이 이어지지 않았습니다. 이것이 그들의 만남이자, 대화였으며, 그들의 이별이 되었습니다.

스크루지는 처음에는 유령이 겉보기에 지극히 사소한 대화를

중요하게 생각하는 것 같아서 다소 놀랐지만, 그러한 대화에는 반드시 어떤 숨은 의도가 있을 것이라고 확신하며, 그것이 무엇일지 곰곰이 생각하기로 했습니다. 그 대화들이 스크루지의 옛 동료인 제이콥 말리의 죽음과 관련이 있을 리는 없었습니다. 왜냐하면 그것은 과거의 일이었고, 이 유령의 영역은 미래였기 때문입니다. 또한 스크루지는 자신과 직접적으로 연관된 사람 중 그 대화를 적용할 수 있는 사람을 생각할 수도 없었습니다. 하지만 그 대화가 누구에게 적용되든지 간에 자기 자신을 선하게 하기 위한 교훈이 숨겨져 있을 것이라는 것에는 의심의 여지가 없었기 때문에, 스크루지는 자기가 들은 모든 말과 본 모든 것들을 소중히 간직하기로 결심했습니다. 특히 자신의 미래 모습이 나타날 때 그 환영을 주의 깊게 관찰하기로 했습니다. 왜냐하면 자신의 미래 행동이 그동안 찾아내지 못한 단서를 제공해 줄 것이고, 이러한 수수께끼의 해답을 쉽게 풀 수 있다는 기대를 가질 수 있었기 때문입니다.

스크루지는 바로 그 장소에서 자신의 모습을 찾아보려고 두리번거렸으나, 그에게 익숙한 모퉁이 자리에 다른 사람이 서 있었고, 시계가 가리키는 시간은 스크루지가 보통 자신의 사무실에서 일하는 시간임을 가리켰음에도 불구하고, 현관을 통해 쏟아져 들어오는 군중 속에서 자신의 모습을 발견하지 못했습니다. 그러나 그는 크게 놀라지는 않았습니다. 왜냐하면 그는 이미 자신의 인생을 바꾸려고 마음속으로 깊이 생각하고 있었고, 이번에 보고 있는 환영을 통해 새사람이 되겠다고 다짐한 결심이 실현되는 것을 보고 싶은 마음과 희망을 품고 있었기 때문입니다.

스크루지의 곁에는 침묵하고 어둠을 지키고 있는 유령이 손을 뻗은 채로 서 있었습니다. 스크루지가 깊은 생각에 잠겨 있다가 깨어났을 때, 유령의 손의 위치와 자신의 위치를 고려했을 때, 유령의 보이지 않는 눈들이 날카롭게 자신을 바라보고 있다는 것을 느꼈습니다. 스크루지를 몸서리치게 하고, 매우 추위를 느끼게 했습니다.

스크루지와 유령은 분주한 현장을 떠나 스크루지가 한 번도 들어간 적 없는 도시의 외진 지역으로 들어갔습니다. 그곳의 상황과 나쁜 평판은 익히 알고 있었습니다. 길은 더럽고 좁았습니다. 상점과 집들은 아주 초라했고, 길거리에는 반쯤 벌거벗은 사람들은 술에 취해 신발을 끌다시피 하여 돌아다니고, 정말로 추악한 거리였습니다. 골목과 아치형 통로는 수많은 오물 냄새와 흙, 생활의 역겨움을 게워 내 듯 거리 위로 쏟아냈습니다. 그리고 구역 전체가 범죄와 더러움, 비참함으로 가득했습니다.

이 악명 높은 지역의 구석 깊은 곳에는 벽에 낮게 드리워진 지붕 아래의 우뚝 솟은 가게가 하나 있었습니다. 그곳에서는 철, 헌 천 조각, 병, 뼈, 기름진 고기 내장 등을 사고팔았습니다. 내부 바닥에는 녹슨 열쇠, 못, 사슬, 경첩, 줄자, 추, 각종 폐철 등이 쌓여 있었습니다. 거의 아무도 살펴보길 원하지 않는 비밀들이, 보기 흉한 낡은 헝겊 더미, 썩은 지방 덩어리, 뼈의 무덤 속에 숨겨지고 길러졌습니다. 그는 자기가 거래하는 상품 사이에 앉아 있었으며, 오래된 벽돌로 만든 숯난로 옆에 자리하고 있었습니다. 그는 거의 70세에 가까운 백발의 건달로, 바깥의 차가운 공기를 막기 위해 잡다한 누더기를 덴 커튼을 줄에 걸어 사용했으며, 파이프담배를 피워가며 평온한 은퇴 생활을 즐기고 있었습니다.

스크루지와 유령은 이 남자의 곁으로 다가갔을 때, 무거운 꾸러미를 지닌 여인이 살금살금 가게 안으로 들어오고 있었습니다. 그러나 여인이 거의 들어섰을 때, 또 다른 여인이 비슷한 짐을 지고 들어왔고, 그 뒤를 바랜 검은 옷을 입은 남자가 따라 들어왔습니다. 그들은 서로의 눈이 마주치자 깜짝 놀랐습니다. 얼마 지나지 않아, 파이프를 든 노인도 그들과 함께 잠시 멍하니 서 있다가, 갑자기 세 사람은 함께 와자하게 웃음을 터뜨렸습니다.

"첫 번째는 청소부요! 두 번째는 세탁부, 세 번째는 장의사 일꾼이군. 여기 봐요, 조 영감, 기막힌 우연이지요! 우리가 모두 여기서 만날 줄은 꿈에도 몰랐는데 이렇게 만나다니!"

먼저 들어온 여자가 외쳤습니다.

"이보다 더 좋은 곳에서 만날 수는 없었을 테지, 응접실로 들어오시오. 당신들은 이미 오래전부터 이곳을 들락거렸잖소. 그리고 다른 두 사람도 낯설지 않고. 내가 가게 문을 닫을 때까지 기다리시오. 아! 이놈의 문짝이 얼마나 끼익 소리가 나는지! 내 생각에는 문 경첩 말고는 이곳에는 이런 녹슨 금속 조각이 없소. 그리고 내 뼈다귀보다 낡은 뼈다귀도 없다고 확신하오. 히히히!

우리는 모두 우리의 직업에 잘 맞는 사람들이지, 서로 아주 잘 어울리지. 자 들어오시오. 응접실로 들어오시오."

조 영감이 담배 파이프를 입에서 떼며 말했습니다.

응접실은 헝겊으로 된 칸막이 뒤에 있는 공간이었습니다. 조 영감은 오래된 난로의 재를 계단용 막대기로 긁어내고, 파이프 손잡이로 연기가 자욱한 램프의 심지를 다시 손질한 뒤(어두운 밤이었기 때문에), 그 파이프를 다시 입에 물었습니다.

조 영감이 이러는 동안, 이미 말을 마친 여자는 짐을 바닥에 던지고 의자에 앉아 당당하게 무릎 위에 팔꿈치를 괴고 나머지 두 사람을 대담하게 노려보았습니다.

"그래서, 어떻다는 거야! 뭔 상관이냐고, 딜버 부인? 모든 사람은 자시 스스로를 돌볼 권리가 있어. 그 작자도 항상 그랬잖아."

여자가 말했습니다.

"정말 맞는 말이고말고! 그 작자보다 더 지독한 남자는 없었지."

세탁부 여자가 말했습니다.

"그럼, 지레 겁먹은 사람처럼 흘긋거리면서 바라보지 말라고, 이 아줌마야? 우리는 서로의 흠을 잡으려고 하는 건 아니잖아?"

"그렇지, 전혀 그런 게 아니지! 그럴 리가 없지."

딜버 부인과 남자가 동시에 말했습니다.

"좋아, 그렇다면! 이 정도면 됐어. 이런 것 몇 가지 사라졌다고 해서 누가 얼마나 손해를 보겠어? 그 사람은 이미 죽어나자빠졌는데, 안 그래?”

여자가 소리쳤습니다.

“그렇지, 정말 그렇고말고.”

딜버 부인이 웃으며 말했습니다.

“그 노인네가 죽은 후에도 그것들을 지키고 싶었다면, 참으로 사악한 늙은 괴물이지. 그렇다면 생전에 왜 남들처럼 행동하지 못했을까? 만약 그랬더라면, 죽음에 맞닥뜨렸을 때 혼자서 마지막 숨을 헐떡이며 누워 있지 않고, 누군가가 그를 돌봐주었을 텐데 말이야.”

여자가 이어서 말했습니다.

“지금까지 말한 말 중에서 가장 바른 말이네. 그 노인네는 천벌을 받은 거야.”

딜버 부인이 말했습니다.

“좀 더 무거운 판결을 받았으면 했는데, 그럴 수도 있었을 텐데. 조 영감, 그 꾸러미를 열고 그 값어치가 얼마인지 알려줘. 속일 생각은 꿈에도 말고 솔직히 말해. 내가 맨 처음이라도 두렵지 않아, 그들이 보는 것도 두렵지 않고. 우리가 여기서 만나기 전에 이미 자기가 필요로 하는 건 몽땅 챙겼다는 것을 잘 알고 있으니까. 죄가 되는 것도 아니고. 조 영감, 그 꾸러미를 풀어 봐요.”

여자가 대꾸했습니다.

그러나 그녀의 두 친구들은 청소부 여자의 보따리를 먼저 푸는 것을 허락하지 않았습니다. 색이 바랜 검은 색 옷을 입은 남자가 먼저 자신이 약탈품을 싼 보따리를 풀어놓았습니다. 별로 많지도 다양하지도 않았습니다. 인장 몇 개, 필통 하나, 소매 단추 한 쌍, 큰 가치는 없지만 브로치 하나가 전부였습니다. 이 모두를 조 영감이 차례로 살펴보고 평가했으며, 각 물품에 대해 자신이 지불할 금액을 벽에 분필로 표시한 후, 더 이상 나올 것이 없음을 확인하고 합계를 계산했습니다.

"이 금액이 자네의 물건에 대한 값이네. 내가 끓는 오르는 불구덩이에 떨어진다고 해도, 6펜스 이상은 한 푼도 더 줄 수 없다는 걸 알게. 다음 사람?"

조 영감이 말했습니다.

다음은 딜버 부인이었습니다. 시트와 수건, 약간의 의복, 두 개의 구식 은 티스푼, 한 쌍의 설탕 집게, 그리고 몇 켤레의 장화가 있었습니다. 그녀의 계산 내역도 벽에 같은 방식으로 적혀 있었습니다.

"나는 항상 여성들에게 너무 후한 편이지. 그것이 내 약점이고, 그래서 내가 항상 손해 보는 거지. 이건 당신의 물건 값이요. 만약 나에게 1페니라도 더 달라고 떼를 쓴다면, 나는 후하게 쳐 준 것을 후회하며 반 크라운(2.5실링, 지금의 12.5펜스에 해당하는 영국의 옛날 주화)은 빼겠어."

조 영감이 말했습니다.

"이제 내 꾸러미를 풀어 봐요, 조 영감."

첫 번째 여자가 말했습니다.

조 영감은 그것을 더 쉽게 열기 위해 무릎을 꿇고, 수많은 매듭을 풀어 큰 덩어리의 무거운 어두운 물체를 끌어냈습니다.

"이게 뭐야? 침대 커튼!"

조 영감이 말했습니다.

"맞아요! 침대 커튼!"

여자가 웃으며 팔짱을 낀 채 몸을 앞으로 숙이며 대답했습니다.

"그 늙은이가 누워 있는 동안 커튼 고리까지 다 빼 왔다는 건가?"

조 영감이 말했습니다.

"네, 그래요. 왜 안 돼요?"

여자가 대답했습니다.

"당신은 재산을 모을 수 있는 운을 가지고 태어났으니, 분명히 한 재산 모을 수 있을 거요."

조 영감이 말했습니다.

"내가 손을 내밀어 무엇이든 잡을 수 있는데 그딴 늙은이 때문에 포기하겠어요? 난 그런 사람이에요. 조 영감, 담요 위에 오일을 흘리지 마세요."

여자는 냉정하게 대답했습니다.

"그 늙은이 담요요?"

조 영감이 물었습니다.

"누구 것이라고 생각하나요? 그 늙은이는 담요 없다고 감기에

걸릴 것도 아닌데요 뭐."

여자가 대답했습니다.

"그 늙은이가 혹시 전염병 같은 것으로 죽은 건 아니길 바라는데, 그렇지 않소?"

조 영감이 일손을 멈추고 올려다보며 말했습니다.

"걱정하지 않아도 되요, 그 늙은이의 곁에 있는 것이 그리 좋다고 해서 그런 일로 시간을 허비할 정도는 아니니까. 만약 그랬다면. 아! 영감이 눈이 빠질 정도로 그 셔츠를 들여다보구려. 본다 해도 구멍이나 해진 곳은 찾지 못할 것이오. 그것이 그가 가진 것 중 가장 좋은 것이었고, 아주 훌륭한 것이었소. 나 없었더라면 그것은 쓸모없어졌을 것이오."

여자가 대답했습니다.

"쓸모없어지다니, 무슨 뜻이오?"

조 영감이 물었습니다.

"그 늙은이에게 입혀서 묻으려고 할 거란 얘기지요. 누군가 그런 바보 같은 짓을 했지만, 나는 다시 재빠르게 벗겼지요. 이런 용도로 옥양목(날염을 한 거친 면직물)은 충분하지요. 시체를 싸는 용도로는 아주 잘 어울리죠. 그 늙은이가 옥양목에 싸였다고 해서 더 못생겨 보이지도 않을 테니까요."

여자가 웃으며 대답했습니다.

스크루지를 공포에 질린 채 이 대화를 들었습니다. 그들이 조 영감의 등불이 제공하는 희미한 빛 속에서 전리품 주위에 모여 앉아 있는 모습을 보며, 그들을 혐오와 경멸로 바라보았습니다. 그들이 시체 자체를 거래하는 외설적인 악마였더라도 그보다 더 큰 혐오감을 느꼈을지는 의문일 정도였습니다.

"히히!"

같은 여인이 웃었습니다. 조 영감이 돈이 들어 있는 면 가방을 꺼내 각자의 물건 값을 바닥에 놓고 세어보자, 처음 여자가 웃으면서 말했습니다.

"봐요, 이게 그 늙은이의 마지막입니다! 그 늙은이가 살아 있을 때 모두를 겁주어 자신의 곁에 얼씬도 못하게 하더니만, 이렇게 죽어서 우리에게 이익이 돌아가도록 해주니! 하, 하, 하!"

"유령이여! 알겠어요, 알겠다고요. 이 불행한 사람의 처지가 나의 처지일 수도 있다는 것이지요. 지금 내 인생이 그 방향으로 흐르고 있다는 거지요. 자비로운 하늘이시여, 이것이 무슨 일이람!"

스크루지가 온몸을 떨면서 말했습니다.

스크루지는 공포에 몸을 움츠렸습니다. 어느새 장면이 바뀌어 침대의 모퉁이에 부딪힐 뻔했기 때문입니다. 그것은 커튼도 없는 벌거벗은 침대였고, 너덜너덜한 시트 아래에는 무언가가 덮여 있었는데, 그것은 말은 없었지만 끔찍한 언어로 자신을 드러내고 있었습니다.

방은 매우 어두워서 정확히 알아볼 수는 없었지만, 스크루지는 비밀스러운 충동에 못 이겨 방을 둘러보며 어떤 방인지 알고 싶었습니다. 바깥 공기 중에 떠오르는 희미한 빛이 침대 위에 곧장 떨어졌습니다. 그리고 그 위에, 모두 약탈당하고 상실된, 지켜 주는 사람도 없고, 울어 주는 사람도 없고, 돌봐 주는 사람도 없는 하나의 시신이 있었습니다.

스크루지는 유령을 향해 시선을 돌렸습니다. 그 유령의 한결같은 손이 시체의 머리를 가리키고 있었습니다. 시체를 덮고 있는 덮개는 아무렇게나 놓여 있어서, 스크루지가 손가락 하나만 움직여도 얼굴이 드러날 것만 같았습니다. 스크루지는 그것을 생각하며, 얼마나 쉽게 할 수 있을지 느꼈고, 그렇게 하고 싶어 안달이 났지만, 그 장막을 거두기에는 그 자리에서 자신의 곁에 있는 유령을 몰아내는 것만큼이나 아무런 힘이 없었습니다.

오, 차갑고, 냉정하며, 무서운 죽음이여, 이곳에 너의 제단을 세우고, 네가 지휘할 수 있는 공포로 그것을 장식하라. 이는 바로 네 영역이기 때문이니! 그러나 사랑받고, 존경받으며, 존중받는 머리 하나를 네 두려운 목적에 따라 바꾸거나 그 어떤 특징을 혐오스럽게 만들 수는 없는 노릇입니다. 손이 무겁고 놓으면 떨어질까 봐 그런 것이 아니며, 심장과 맥박이 멈췄기 때문도 아닙니다. 손은 항상 열려 있고, 관대하며, 진실했으며, 심장은 용감하고, 따뜻하며, 다정했고, 맥박은 사람다웠습니다. 내려쳐라, 환영이여, 내려쳐라! 그리고 그의 선한 행위가 상처에서 솟아나 세상을 불멸의 생명으로 가득 채우는 것을 지켜보아라!

이 말들이 스크루지의 귀에 들린 것은 아니었지만, 침대를 바라보았을 때 그는 그것들을 들을 수 있었습니다. 그는 생각했습니다. 만약 지금 이 사람이 다시 살아난다면, 그의 가장 먼저 떠오르는 생각은 무엇일까? 탐욕, 혹독한 거래, 아둔한 근심? 그 모든 것들이 그를 진정 참혹한 결말로 이끌지 않았던가!

그 시체는 어두운 빈 집 안에 홀로 외로이 누워 있었습니다. 그곳에는 그가 이러저러하게 나에게 친절했다고 말하는 남자도, 여자도, 아이도 없었습니다. 다만 한 마디 친절한 말을 기억하고 있는 사람을 위해서라면 그는 그에게 친절을 베풀 것입니다. 고양이가 문을 긁고 있었고, 난로바닥 아래에서는 쥐들이 갉는 소리가 들렸습니다. 이 죽음의 방에서 그것들이 무엇을 찾고 있는지, 왜 그렇게 안절부절못하고 불안해하는지에 스크루지는 도저히 생각조차 할 수가 없었습니다.

"유령이여! 이곳은 두려운 곳입니다. 이곳을 떠난다 하여도 그 교훈까지 잊지는 않겠으니, 나를 믿고 어서 떠나자고요!"

스크루지가 말했습니다.

그래도 유령은 흔들림 없이 손가락으로 그 시체의 머리를 가리켰습니다.

"유령님의 마음을 이해합니다. 그리고 할 수 있다면 분명 그렇게 하겠지만, 저는 그럴 힘이 없습니다, 유령이여. 저는 그럴 능력이 없습니다."

스크루지는 대답했습니다.

그러자 유령이 스크루지를 바라보는 것처럼 보였습니다.

"만약 이 도시에서 이 사람의 죽음으로 인해 감정을 느낀 사람이 있다면, 저에게 그 사람을 보여주십시오. 유령이시여, 간청합니다!"

스크루지는 몹시 괴로워하며 말했습니다.

유령은 잠시 그 앞에 어두운 망토를 날개처럼 펼쳤고, 다시 그것을 거두자 낮빛 속에 어떤 어머니와 그녀의 아이들이 있는 방이 드러났습니다.

부인은 누군가를 기다리고 있었고, 불안과 초조함으로 가득 차 있었습니다. 부인은 방 안을 왔다 갔다 하였고, 나는 소리마다 깜짝 놀랐으며, 창문을 통해 밖을 내다보았고, 시계를 힐끗 보았으며, 바느질을 하려 했으나 손에 잡히지 않아 헛수고였고, 아이들이 노는 소리조차 귀에 거슬려 거의 참을 수가 없었습니다.

마침내 오래도록 기다려온 노크 소리가 들렸습니다. 부인은 황급히 문으로 달려가 남편을 맞이했습니다. 남편의 얼굴은 젊었음에도 불구하고 근심과 걱정으로 가득 차 있었습니다. 지금 남편의 얼굴에는 눈에 띄는 표정이 있었는데, 수치스러워하면서도 억누르려 애쓰는 일종의 진지한 기쁨의 표정이었습니다.

남편은 난롯가에서 그를 위해 챙겨 놓은 저녁 식사를 하기 위해 식탁에 앉았고, 부인이 조심스레 소식을 묻자(이는 긴 침묵 끝에 간신히 이루어진 질문이었습니다), 남편은 어떻게 대답해야 할지 난처해하는 모습을 보였습니다.

"좋은 소식인가요? 아니면 나쁜 소식인가요?"

부인이 남편의 말문을 트게 하려고 한 말했습니다,

"나쁜 소식이오."

남편이 대답했습니다.

"우리는 완전히 끝난 건가요?"

"아니요. 아직 희망은 있어요, 캐롤라인."

"그 늙은이가 마음을 바꾼다면, 희망이 없는 것은 아니지요. 그런 기적이 일어났다면 모든 것은 여전히 희망이 있습니다."

부인은 놀라며 말했습니다.

"그가 마음을 바꿀 수는 없어요. 그는 이미 죽었어요."

남편이 말했습니다.

부인의 얼굴이 진실을 말해준다면, 부인은 온화하고 참을성 많은 사람이라고 할 수 있습니다. 그러나 부인은 남편의 말을 듣고 마음속으로 감사하며, 손뼉을 치며 아주 잘된 일이라고 말했습니다. 그러나 그 다음 순간 부인은 용서를 구하며 그 늙은이의 죽음을 애도했지만, 처음 느낀 감정이 바로 그녀의 본마음에서 나온 것이었습니다.

"내가 그 영감을 만나 일주일만 연기를 해달라고 요청하러 갔을 때, 반쯤 취한 여자가 나에게 말을 걸더라고 어젯밤 내가 말했던 그 여자 있지요? 난 그 당시 그 여자가 나를 단지 따돌리려고 변명한 것이라고 생각했는데, 그게 사실로 드러났어요. 그 영감은 매우 아플 뿐만 아니라, 그때 이미 거의 죽어가고 있었으니까요."

"그럼, 우리의 채무는 누구에게 이전될까요?"

“잘 모르겠어요. 그러나 그때 전까지 우리는 돈을 마련해야 해요. 설령 마련하지 못했는데, 그 후임자가 무자비한 사람이라면, 우린 정말 운이 없는 거지요. 그래도 오늘 밤은 우리도 마음 놓고 편히 잠들 수 있겠군요, 캐롤라인!”

그랬습니다. 그들이 아무리 애써 누르려고 해도 그들의 마음은 한결 가벼워졌습니다. 아이들의 얼굴은 조용히 모여 자신들이 거의 이해하지 못하는 것을 듣고 있었지만, 더 밝아졌습니다. 그리고 이 남자의 죽음을 맞아 집이 더 행복해졌습니다! 그 사건으로 인해 유령이 그에게 보여줄 수 있는 유일한 감정은 기쁨이었습니다.

“유령이여, 죽음과 관련된 어떤 동정심도 보여 주십시오. 아니면 지금 막 떠난 그 어두운 방이 영원히 내 기억 속에 남아 있을 것만 같습니다.”

유령은 스크루지를 그에게 익숙한 여러 거리를 지나갔습니다. 걷는 동안 스크루지는 여기저기를 살피며 자신을 찾아보았지만, 어디에서도 자기 자신을 볼 수 없었습니다. 스크루지와 유령은 가난한 봅 크래치트의 집에 들어섰습니다. 스크루지도 이전에 와봤던 집이었으며, 그곳에서 봅 크래치트의 부인과 아이들이 화로 주변에 둘러앉아 있는 것을 발견했습니다.

조용했습니다. 쥐죽은 듯 아주 조용했습니다. 언제나 시끄러운 어린 크래치트 남매들도 한쪽 구석에서 마치 동상처럼 가만히 앉아서, 책을 앞에 둔 피터 크래치트를 올려다보고 있었습니다. 어머니와 딸들은 바느질에 몰두하고 있었습니다. 그러나 분명히 그들은 매우 조용했습니다.

"'그리하여 예수께서 한 아이를 데리고 와서 그들 가운데 세우셨다.'"

스크루지가 그 말을 어디서 들어본 적이 있었을까? 스크루지는 그것을 꿈에서도 들어 본 적이 없었습니다. 스크루지가 유령과 함께 문지방을 넘어갔을 때, 소년이 그것을 읽었음에 틀림없습니다. 그런데 왜 그는 계속 읽지 않았을까?

어머니는 바느질을 하던 것을 탁자 위에 올려놓고 얼굴에 손을 얼굴에 가져다 대었습니다.

"이 색깔이 눈을 아프게 하는구나."

그녀가 말했습니다.

색깔은? 아, 불쌍한 꼬맹이 팀!

"이제야 다시 좋아졌구나. 촛불 빛 아래에서 보니까 시력이 쉽게 저하되는 것 같네. 아버님께서 집에 오실 때 세상 무엇보다도 시력이 쉽게 저하된 약한 눈을 보여드리고 싶지 않구나. 이제 거의 오실 때가 됐지?"

크래치트 부인이 말했습니다.

"이미 지나친 것 같은데요. 하지만 최근 며칠 저녁 동안 아버지는 예전보다 조금 걷는 게 조금 느려지신 것 같아요, 어머니."

피터가 책을 덮으며 대답했습니다.

그들은 다시 매우 조용했습니다. 부인은 한 번 더듬기는 했지만 단호하고 명랑한 목소리로 말했습니다.

"꼬맹이 팀을 어깨에 무동을 태우고 올 때는 아주 빠른 속도로 걸어오셨지."

"저도 알아요, 자주 그러셨죠."

피터가 외쳤습니다.

"우리들도 알아요."

또 다른 아이가 외쳤습니다. 모두가 알고 있었습니다.

"하지만 꼬맹이 팀을 안고 다니는 것은 아주 가벼웠어요. 그리고 아버지는 팀을 아주 많이 사랑하셨기 때문에 전혀 힘들지 않았던 거야, 전혀 힘들지 않았지. 그리고 저기, 문 앞에 너희들의 아빠가 보이네!"

부인은 일을 계속하며 말을 이어갔습니다.

부인은 남편을 맞이하기 위해 서둘러 나갔고, 몸이 왜소한 봅은 아늑한 목도리를 두르고−허전한 어깨를 감싸기 위해서는 목도리가 똑 필요했었나 봅니다.− 들어왔습니다. 난로 위에는 그에게 줄 차가 준비되어 있었고, 식구들 모두는 누구랄 것도 없이 봅 크래치트의 시중을 드는 데 최선을 다했습니다. 그때 두 어린 크래치트 남매는 봅 크래치트의 무릎 위에 올라가, 각자 볼을 그의 얼굴에 대며 마치 이렇게 말하는 듯했습니다.

"걱정하지 마세요, 아빠. 슬퍼하지 마세요!"

봅 크래치트는 아이들과 함께 매우 즐겁게 잘 놀아줬으며, 가족 모두에게도 즐겁게 말을 건넸습니다. 봅 크래치트는 탁자 위에 있는 바느질 일감을 바라보도는, 크래치트 부인과 자매들의 근면함과 손재주를 칭찬했습니다. 이렇게 부지런하게 해나간다면, 바느질 일감은 일요일 이전에 모두 끝날 것 같다고 말했습니다.

"일요일이네요! 그럼 오늘 다녀오셨나요, 로버트?"

부인이 물었습니다.

"그래요, 당신도 갈 수 있었으면 좋았을 텐데. 그곳이 얼마나 푸른 곳인지 당신이 봤더라면 큰 도움이 되었을 거예요. 하지만 자주 볼 수 있겠지. 일요일마다 가겠다고 약속했으니까."

봅 크래치트가 대답했습니다.

"나의 꼬맹이 팀! 나의 작은 아이!"

봅 크래치트가 외쳤습니다.

봅 크래치트는 갑자기 무너져 내리고 말았습니다. 북받치는 울음을 참을 수가 없었습니다. 만약 봅이 북받치는 울음을 참을 수만 있었다면, 꼬맹이 팀과 지금보다 더 수월하게 헤어질 수 있었을지도 모릅니다.

봅 크래치트는 방을 나와 2층으로 올라가, 밝게 불이 켜져 있고 크리스마스 장식으로 꾸며진 방으로 들어갔습니다. 아이 옆에는 의자가 하나 놓여 있었고, 누군가가 최근에 그 자리에 있었음을 알 수 있는 흔적이 남아 있었습니다. 가엾은 봅 크래치트는 그 의자에 앉아 잠시 생각을 가다듬고 마음을 진정시킨 후, 작은 얼굴의 뺨에 입을 맞추었습니다. 봅 크래치트는 가족에게 일어난 끔찍한 재앙을 받아들이고, 행복한 마음으로 다시 아래층으로 내려왔습니다.

그들은 모닥불 주위에 둘러앉아 이야기를 나누었고, 어머니와 딸들은 여전히 일을 하고 있었습니다. 밥 크래치트는 가족들에게 스크루지의 조카가 보여준 특별한 친절에 대해 이야기했습니다. 밥이 스크루지의 조카를 거의 한 번밖에 본 적이 없었지만, 우연히 그날 길에서 만난 조카가 그가 조금 - 밥이 말하길 '다들 알겠지만 그저 조금'-기운 없어 보이는 나를 보고는 무슨 일이 있어 그렇게 풀이 죽어 있는지 물었다는 것입니다.

"그가 워낙 호감이 가게 말하기에 내가 자초지종을 얘기했지. 그랬더니 그가 '그 일은 정말 안타깝게 생각합니다. 크래치트 씨'라고 말했고, 또 '당신의 좋은 아내에게도 정말 심시한 유감을 전해주십시오.'라고 덧붙이더군. 그런데 어떻게 그 사실을 알았는지는 알 수가 없단 말이오."

"뭘 알았다는 거죠, 뭘요?"

"당신이 좋은 아내라는 사실 말이오."

밥 크래치트가 대답했습니다.

"그건 모두가 아는 사실이에요!"

피터 크래치트가 말했습니다.

"정말 잘 관찰했구나, 내 아들아!"

밥이 외쳤습니다.

"그들이 그럴 수 있기를 바란다. '마음 깊이 유감입니다.' 그가 말했습니다. '당신의 좋은 아내에게도 정말 심시한 유감을 전해

주십시오.'라고 하고는 그가 내게 자신의 명함을 건네주며 말했습니다. '저는 여기에 살고 있습니다. 꼭 찾아주십시오.' 하지만 이것은, 그가 우리를 위해 어떤 도움을 줄 수 있는가 와는 크게 상관없이, 그의 친절한 태도로 인해 매우 즐거운 일이었습니다. 정말로 그는 우리 꼬맹이 팀을 알고 있으며 우리와 함께 같은 감정을 느낀 것처럼 보였다니까요."

"그분은 분명 훌륭한 분이실 거예요!"

크래치트 부인이 말했습니다.

"여보, 당신이 그를 직접 보고 이야기해 본다면, 분명히 더 잘 알 수 있을 겁니다. 내가 말하는 걸 명심해요! 그가 피터에게 더 나은 자리를 마련해 줄 수도 있을 거예요."

밥 크래치트가 대답했습니다.

"피터, 아버지의 말 잘 들어둬라."

크래치트 부인이 말했습니다.

"그러면, 피터는 누군가와 교제하게 될 것이고, 스스로 알아서 독립하겠네요."

한 소녀가 외쳤습니다.

"너와 잘 지낼 수 있을 거야!"

피터가 웃으며 반박했습니다.

"그럴 수도 있고 아닐 수도 있지, 머지않은 언젠가 그런 날이 올 거야. 하지만 그때까지는 충분한 시간이 있으니, 사랑하는 이여. 그러나 우리가 어떻게, 언제 서로 헤어지더라도, 나는 우리 중 누구도 불쌍한 꼬맹이 팀을 잊지 않을 것이라 확신한다. 우리 사이에서 있었던 이 첫 이별도 말이다. 그렇지 않겠어?"

밥 크래치트가 말했습니다.

"결코 안 됩니다, 아버지!"

가족 모두가 외쳤습니다.

"그리고 내 사랑하는 얘들아, 한 가지는 기억하자꾸나. 비록 아주 작은 아이였지만, 꼬맹이 팀이 얼마나 참을성이 많고 온화했는지를 떠올린다면, 우리는 서로 쉽게 다투는 일이 없어야 하고, 그 과정에서 가엾은 꼬맹이 팀을 잊지 말아야 한단다."

밥 크래치트가 말했습니다.

"결코 잊지 못할 거예요, 아버지!"

가족 모두가 다시 외쳤습니다.

"난 정말 매우 기쁘다, 정말로 마음이 뿌듯해!"

왜소한 밥이 말했습니다.

크래치트 부인은 남편에게 입을 맞췄고, 그의 딸들도 아버지에게 입을 맞췄으며, 꼬마 크래치트 남매도 아버지에게 입을 맞췄습니다. 그리고 피터는 아버지와 악수를 나눴습니다. 꼬맹이 팀의 영혼이여, 너의 어린 순수함은 신으로부터 온 것이었구나!

"유령이여, 뭔가가 우리의 이별의 순간이 다가오고 있음을 알리고 있습니다. 나는 그런 생각이 들지만, 딱히 어떻게 되는지는 알지 못하겠습니다만. 우리가 죽어 누워 있는 시체가 누구였는지 말씀해 주십시오."

스크루지가 말했습니다.

미래 크리스마스의 유령은 이전과 마찬가지로 스크루지를-그는 다른 시점이라고 생각했지만 사실상 이런 미래의 환상들에는 어떤 순서도 없는 것처럼 보였고, 단지 그것들이 미래에 속한다는 것만이 분명했습니다.-사업가들의 모여 있는 장소로 안내했으나, 그 자신을 보여주지는 않았습니다. 실제로, 미래 크리스마스의 유령은 어떤 일에도 머무르지 않고, 방금 전 원했던 목적지로 곧장 나아갔다가, 스크루지가 잠시 머물러 달라고 간청할 때에만 잠시 멈추었습니다.

"이 건물, 우리가 지금 서둘러 지나가고 있는 이 건물은 내 사무실이 있었던 곳입니다. 오랫동안 그곳에 있었죠. 그 건물이 보이는군요. 앞으로 미래에 내가 어떤 사람이 될지 보여주세요!"

스크루지가 말했습니다.

유령은 멈춰 섰고, 손은 다른 곳을 가리켰습니다.

"집은 저쪽에 있습니다, 왜 다른 저쪽을 가리키십니까?"

스크루지가 외쳤습니다.

유령의 냉혹한 손가락에는 어떠한 변화도 없었습니다.

스크루지는 사무실 창문으로 재빨리 다가가 안을 들여다보았습니다. 여전히 사무실이었지만, 그의 사무실은 아니었습니다. 가구도 같지 않았고, 의자에 앉아 있는 사람도 자시 자신이 아니었습니다. 유령은 이전과 같이 손가락으로 가리켰습니다.

스크루지는 다시 유령이 서 있는 곳으로 돌아갔고, 자신이 왜 그리고 어디로 가는지 궁금했지만 그저 묵묵히 유령을 따라 철문에 도착할 때까지 따라갔습니다. 스크루지가 안으로 들어가기 전에 잠시 멈추어 주위를 살펴보았습니다.

교회 안에 있는 공동묘지. 자, 여기서, 이제 그가 이름을 알게 될 그 비참한 남자는 땅속에 누워 있을 것입니다. 그곳은 굉장한 곳이었습니다. 영원의 집들로 둘러싸여 있었고, 생명이 아닌 죽음을 먹고 자란 풀과 잡초로 뒤덮여 있었고, 너무 많이 매장된 송장들로 인해 목이 멨으며, 엄청난 식욕으로 기름이 올라 있는 아주 가치 있는 곳이었습니다!

유령은 무덤 사이에 서서 손으로 어느 무덤 하나를 가리켰습니다. 스크루지는 사시나무 떨 듯 떨면서 그쪽으로 다가갔습니다. 유령은 여전히 그대로였지만, 스크루지는 유령의 장엄한 태도에서 뭔가 새로운 의미를 본 것만 같아 두려워했습니다.

"유령님이 가리키는 그 돌에 내가 더 가까이 다가가기 전에, 제 한 가지 질문에 답해 주십시오. 이것들은 반드시 일어날 일들의 환영인가요, 아니면 단지 일어날 수도 있는 일들의 환영일 뿐인가요?"

스크루지가 말했습니다.

유령은 여전히 자신이 서 있는 무덤을 향해 아래를 가리켰습니다.

"인생의 행로는 특정한 결말을 예상할 수 있으며, 만약 참고 견디며 그 길을 계속 따라가다 보면 반드시 그 결말에 이르게 될 것입니다. 그러나 만약 그 행로에서 벗어난다면, 결말은 달라질 것입니다. 유령님이 보여주는 것이 이런 의미를 말하는 것인지요!"

스크루지가 말했습니다.

유령은 여전히 미동도 움직이지 않았습니다.

스크루지는 떨면서 유령이 가리킨 그 무덤을 향해 기어갔습니다. 그리고 손가락을 따라가면서, 방치된 무덤의 돌에 자신의 이름, '에비니저 스크루지'를 읽었습니다.

"내가 바로 침대에 누워 있던 그 사람인가?"

스크루지가 무릎을 꿇고 외쳤습니다.

유령의 손가락이 무덤에서 스크루지를 향해 뻗었다가 다시 돌아갔습니다.

"아니요, 유령이여! 오, 안 됩니다, 안 돼요!"

유령의 손가락은 여전히 그 자리에 있었습니다.

"유령이여! 내 말을 들어주십시오! 나는 과거의 내가 아닙니다. 만약 이 만남이 없었다면 내가 되어야 했을 그 사람이 되지 않았을 것입니다. 만약 내가 모든 희망을 잃은 상태라면, 어찌하여 나에게 이것을 보여주는 것입니까!"

스크루지가 외치며 유령의 옷자락을 단단히 붙잡았습니다.

처음으로 유령의 손이 떨리는 것처럼 보였습니다.

"어진 유령이시여, 저를 불쌍히 여기시어 유령님의 선한 본성으로 저를 위해 간청해 주십시오. 제가 바른 삶으로 바꾼다면, 보여주신 이 환영들이 바뀔 수 있다고 저를 확신시켜 주십시오!"

스크루지는 유령 앞에 무릎을 꿇고 바닥에 엎드리며 계속해서 말했습니다.

유령의 그 인자한 손이 떨렸습니다.

"나는 내 마음속에서 크리스마스를 기리며, 일 년 내내 그것을 지키기 위해 노력할 것입니다. 나는 과거와 현재, 미래 크리스마스 유령님이 주신 교훈을 지키면서 살아갈 것이다. 세 유령이 항상 내 마음 속에서 채찍질하며 인도하게 될 것이다. 나는 유령이 가르치는 교훈을 외면하지 않을 것입니다. 아, 이 비석에 새겨진 글들이 지워질 수 있다고 말해 주소서!"

스크루지는 번민의 고통 속에서 유령 같은 손을 붙잡았습니다. 유령은 뿌리치려 했지만, 스크루지의 간청하는 힘이 워낙 강해서 뿌리칠 수가 없었습니다. 그러나 스크루지보다 더 강한 유령은 마침내 크루지의 손을 밀쳐냈습니다.

스크루지가 자신의 운명을 거슬러 달라는 마지막 기도로 양 손을 들어 올리자, 유령의 망토와 의상에 변화가 일어나는 것을 봤습니다. 망토는 점점 줄어들고, 찌그러들더니, 결국 침대 기둥이 되어 사그라졌습니다.

제5장

끝

맞아요! 그 침대 기둥은 스크루지의 것이었습니다. 침대는 그의 것이었고, 방도 그의 것이었습니다. 무엇보다도 가장 좋고 행복한 것은, 그 앞에 놓인 시간도 스크루지의 것이어서, 잘못 살아온 시간을 만회할 수 있다는 것이었습니다.

"나는 과거와 현재와 미래 크리스마스 유령의 교훈을 되새기며 살리라! 세 유령 모두 내 안에서 채찍질하며 나를 가르칠 것이다. 오, 제이콥 말리여! 천국이여 크리스마스의 시절이여, 이를 찬미하라! 나는 무릎을 꿇고 말한다. 제이콥 말리, 무릎을 꿇고 진심으로!"

스크루지는 침대에서 벌떡 일어나며 이렇게 되뇌었습니다.

스크루지는 자신의 선의로 인해 너무나도 흥분하고 들떠 있었기에, 목소리는 갈라지고 끊어져서 거의 알아들을 수가 없을 정도였습니다. 그는 유령들과의 갈등 속에서 격렬하게 흐느끼고 있었으며, 얼굴은 눈물로 뒤범벅이 되었습니다.

"그것들도 찢어지지 않았군. 전혀 찢어지지 않았어, 커튼 고리도 그대로 있고. 그것들은 여기에 있어, 나도 여기에 있고 그러니까 있었을 수도 있는 미래의 환영들은 사라질 수 있을거야. 아니 반드시 사라지게 만들 거야. 나는 반드시 사라지게 할 수 있다고 확신해!"

스크루지가 외치며 한쪽 침대 커튼을 품에 안았습니다.

스크루지의 손은 그러는 동안에도 계속 옷가지를 붙들고 있었습니다. 옷을 뒤집었다가, 거꾸로 입었다가, 찢다가, 엄한 곳에 던졌다가, 정신이 하나도 없기는 했지만 모든 종류의 사치를 그 옷들에 연관 지었습니다.

"어떻게 해야 할지 모르겠군!"

스크루지는 같은 숨결로 웃고 울며 외쳤습니다. 그리고 양말을 신은 채 완전히 라오콘(그리스·로마 신화에서 트로이 전쟁 당시 예언자이자 사제였던 인물. 트로이 목마의 위험성을 경고했다가 신의 분노로 두 아들과 함께 바다뱀에게 처참히 죽임을 당한 비극적 영웅)처럼 몸을 비틀었습니다.

"나는 깃털처럼 가볍고, 천사처럼 행복하며, 소년처럼 즐겁고, 술 취한 사람처럼 어지럽습니다. 모두에게 즐거운 크리스마스가 되길 바랍니다! 전 세계 모두에게 행복한 새해가 되길 바랍니다. 안녕하세요! 와우! 안녕하십니까!"

스크루지는 거실로 뛰어 들어왔고, 완전히 숨을 헐떡이며 서 있었습니다.

"죽이 담겨 있던 냄비가 여기 있군!"

스크루지는 이렇게 말하고는 다시 벌떡 일어나 벽난로 주위를 빙빙 돌며 외쳤습니다.

"제이콥 말리의 유령이 들어온 그 문이잖아! 현재 크리스마스의 유령이 앉아 있던 그 구석이다! 내가 방황하는 유령들을 보았던 그 창문! 모든 것이 맞다, 모든 것이 진실이야, 모든 일이 실제로 일어났어. 하하하!"

정말로, 오랫동안 웃는 연습을 하지 않은 남자에게서 나오는 웃음치고는 아주 훌륭한 웃음이었고, 가장 빛나는 웃음이었습니다. 길고 길게 이어지는 빛나는 웃음들의 선조의 아버지라 할 만했습니다!

"오늘이 며칠인지도 모르겠네! 내가 유령들과 함께한 지 얼마나 되었는지도 모르겠고, 아무것도 모르겠어. 난 꼭 완전히 간난 아기네요. 괜찮아요. 상관없어요. 차라리 아기가 되는 편이 낫겠어요. 안녕하세요! 와아! 안녕하세요, 여기에요!"

스크루지가 말했습니다.

스트루지는 지금껏 들어본 적 없는 가장 경쾌한 교회 종소리가 환상에 빠져 있던 자신을 깨웠습니다. 뎅, 뎅, 두드리고, 딩, 동, 뎅. 뎅, 동, 딩, 두드리고, 부딪히고, 뎅, 부딪히는 소리! 오, 영광스럽고, 거룩하도다!

스크루지는 창가로 달려가 창문을 활짝 열어젖히고 머리를 내밀었습니다. 안개도, 안개비도 사라지고 없었습니다. 맑고, 밝고, 쾌활하며, 활기차고, 차가웠습니다. 너무 차가워서 피가 펄펄 끓는 것만 같았습니다. 황금빛 햇살, 천국 같은 하늘, 상쾌한 공기, 즐거운 종소리. 오, 거룩하고! 영광이로다!

"오늘이 며칠이지!"

스크루지가 주변을 둘러보려고 머뭇거렸던 멋진 명절 옷을 입은 소년에게 소리쳤습니다.

"네?"

소년은 깜짝 놀라며 되물었습니다.

"오늘이 무슨 날이지, 귀여운 꼬마 친구?"

스크루지가 말했습니다.

"오늘이요! 오늘은 크리스마스죠."

소년이 대답했습니다.

"아! 오늘이 크리스마스군! 아직 놓치지 않았구나. 유령들이 단 하룻밤 만에 다 해냈어. 그들은 원하는 것은 무엇이든 할 수 있지. 물론이지, 그럴 수 있지, 물론 그럴 수 있어. 안녕, 귀여운 꼬마 친구!"

스크루지는 혼잣말을 했습니다.

"안녕하세요!"

소년이 대답했습니다.

"다음 골목 모퉁이에 있는 고깃간을 아니?"

스크루지가 물었습니다.

"그럼요."

소년이 대답했습니다.

"똑똑한 친구군! 귀여운 친구야! 저 위에 걸려 있던 상 받은 칠
면조를 팔았는지 알아봐 줄 수 있니? 작은 상 받은 칠면조가 아
니라, 큰 상 받은 칠면조 말이다."

스크루지가 말했습니다.

"저만큼 큰 거요?"

소년이 대답했습니다.

"정말 기특한 아이로군요! 그와 대화하는 것이 즐거워. 그렇
지!"

스크루지가 말했습니다.

“지금 거기에 아직 매달려 있어요.”

소년이 대답했습니다.

“그렇구나, 가서 그것을 좀 사다 줄래!”

스크루지가 말했습니다.

“정말요!”

소년이 외쳤습니다.

“아니, 아니, 나는 진심이야. 가서 그것을 사고, 여기로 가져오라고 그들에게 말하려무나. 내가 그들이 어디로 가져갈지 알려줄 거야. 그 사람과 함께 돌아오면 너에게 1실링을 주지. 5분 안에 그 사람과 함께 돌아오면 반 크라운을 줄게.”

스크루지가 말했습니다.

소년은 총알처럼 날아갔습니다. 그 소년이 달리는 속도의 반쯤만큼이라도 빠르게 총을 쏠 수 있는 사람이 있다면 누구든 그 사람은 명사수임에 틀림없습니다.

“그걸 봅 크래치트 집으로 보내줘야지! 누가 보냈는지 알 수 없을 거야. 바로 꼬맹이 팀의 두 배 크기지. 조 밀러(18세게 영국의 익살꾼, 진부한 농담의 대명사)도 봅에게 보내는 농담만큼 큰 장난을 친 적은 없었을 거야!”

스크루지가 손을 비비며 속삭이고, 웃음을 터뜨렸습니다.

스크루지가 주소를 쓰는 손은 너무 떨려서 주인의 말을 잘 듣지는 못했지만, 어찌됐든 써내려갔습니다. 스크루지는 계단을 내려가 현관문을 열 준비를 하였습니다. 배달부가 오는 것을 기다리며 그곳에 서 있던 그는, 문고리가 눈에 들어왔습니다.

"내가 살아있는 한 이 문고리를 사랑하리라! 이제껏 거의 제대로 쳐다본 적이 없었네. 얼굴에 얼마나 정직한 표정이 있는지! 정말 훌륭한 문고리군! 여기 칠면조가 왔어요! 안녕하세요! 와아! 잘 지내시죠! 메리 크리스마스!"

스크루지는 문고리를 손으로 톡톡 치며 외쳤습니다.

그것은 칠면조였습니다! 그 새는 결코 다리로 제 몸뚱이를 지탱하고 설 수 없었을 것입니다. 아마도 순식간에 다리가 부러지고 말았을 겁니다, 마치 막대 지팡이처럼.

"이것을 캠든타운까지 나는 것은 불가능할 것 같소. 마차가 필요할 것 같소."

스크루지가 말했습니다.

스크루지가 이렇게 말할 때의 웃음, 칠면조 값을 지불할 때의 웃음, 마차 요금을 지불할 때의 웃음, 소년에게 심부름 값을 줄 때의 웃음은, 그가 다시 숨을 고르며 의자에 주저앉아서 웃음을 참지 못하고 마침내 누가에 눈물이 맺힐 때 웃음에 비하면 그저 미치지 못하는 수준이었습니다.

면도는 쉽지 않았습니다. 그의 손은 계속 떨렸고, 면도는 아주 주의가 필요합니다. 하지만 만약 코끝을 베었다면, 그 위에 붙이는 반창고 조각을 붙이더라도 꽤 만족했을 것입니다.

스크루지는 '최고로 차려입은' 옷을 갖춰 입고 마침내 거리로 나섰습니다. 그때쯤 사람들은 이미 그가 '현재 크리스마스의 유령’과 함께 보았던 것처럼 거리로 쏟아져 나오고 있었습니다. 손을 등 뒤로 모으고 걸으며, 스크루지는 모든 사람을 즐거운 미소로 바라보았습니다. 한 마디로, 그는 너무나도 매력적으로 기분 좋게 보였기에, 세 명이나 네 명의 유쾌한 사람들이 ‘안녕하세요, 선생님! 즐거운 크리스마스 되세요!’라고 인사했습니다. 그리고 스크루지는 그 이후로도 자신이 들어본 모든 즐거운 소리 중에서, 그 인사 소리가 가장 기쁘게 들렸다고 자주 말하곤 했습니다.

그리 멀리 가지도 않았을 때, 스크루지에게 바로 크리스마스 전날 회계 사무실로 걸어 들어왔던 포동포동한 노신사가 다가오는 것을 보았습니다. “여기가 스크루지와 말리 상회 맞지요?”라고 말한 그 노신사 말입니다. 스크루지가 이 노신사가 마주쳤을 때 자신을 어떻게 바라볼지를 생각하니 가슴에 한 줄기 쓰라림이 스쳐지나갔습니다. 그러나 스크루지는 자신 앞에 놓인 길이 무엇인지 알고 있었고, 그 길을 따라 나아갔습니다.

“친애하는 선생님, 안녕하신지요? 어제 일이 잘되셨기를 바랍니다. 참 친절하셨어요. 즐거운 크리스마스 되시길 바랍니다, 선생님!”

스크루지가 보폭을 재촉하며 두 손으로 노신사를 붙잡고 말했습니다.

“스크루지 씨?”

“예, 그것이 제 이름입니다만, 아마 당신께는 유쾌하지 않을지도 모르겠군요. 어제는 제가 죄송했습니다. 부디 용서해 주십시오.”

스크루지는 이때 그 노신사의 귀에 속삭였습니다.

"주님, 오 세상에나! 친애하는 스크루지 씨, 정말이신가요?"

신사가 숨이 막힌 듯 외쳤습니다.

"부디 받아주십시오, 한 푼도 빼지 않고 모두 드리겠습니다. 제가 그동안 내지 못했던 돈도 포함되어 있습니다. 잘 부탁드립니다."

스크루지가 말했습니다.

"제 친애하는 신사분께, 이런 관대함에 뭐라고 말씀드려야 할지 모르겠습니다……."

그 노신사가 스크루지의 손을 잡으며 말했습니다.

"제발 아무 말도 하지 마십시오, 제 사무실로 오십시오. 그러실 수 있으시겠죠?"

스크루지가 반박하듯 말했습니다.

"그럼요!"

노신사가 외쳤습니다. 그리고 스크루지가 진심으로 그렇게 하려 한다는 것이 분명했습니다.

"감사합니다, 정말 고맙습니다. 얼마나 감사들 드려야할지 모르겠습니다. 신의 축복이 함께 하길!"

스크루지는 말했습니다.

스크루지는 교회에 갔다가 거리 위를 거닐며, 바삐 오가는 사람들을 바라보고, 아이들의 머리를 쓰다듬고, 거지들에게 말을 건네고, 거리의 집안 부엌을 들여다보고 창문 위를 올려다보며,

모든 것이 그에게 기쁨을 줄 수 있다는 사실을 깨달았습니다. 스크루지는 이런 산책이 이렇게도 큰 행복을 줄 수 있으리라 꿈에도 생각하지 못했습니다. 오후에는 조카의 집을 향해 발길을 돌렸습니다.

스크루지는 문 앞으로 가서 두려움에 여러 번 망설였다가, 결국 용기를 내어 올라가 문을 두드렸습니다.

"얘야, 주인 집에 계시냐?"

스크루지가 소녀에게 물었습니다. 참으로 착한 소녀였습니다.

"네, 계세요."

"그가 어디 있느냐, 아가야?"

스크루지가 말했습니다.

"식당에 계십니다, 마님과 함께요. 원하신다면 제가 위층으로 안내해 드리도록 하겠습니다."

"고맙구나. 주인과 잘 아는 사이란다."

스크루지는 식당 문손잡이에 이미 손을 올린 채 말했습니다.

"얘야, 여기로 들어가겠다."

스크루지는 문손잡이를 부드럽게 돌렸고, 문 가장자리를 따라 얼굴을 살짝 내밀었습니다. 그들은 탁자를 바라보고 있었습니다(탁자는 아주 잘 차려져 있었습니다). 요즘 젊은 주부들은 이러한 일에 항상 신경을 많이 쓰며, 모든 것이 제대로 되어 있는지 확인하고 싶어 하기 때문일 것입니다.

"프레드!"

스크루지가 말했습니다.

세상에나, 스크루지의 조카며느리가 어떻게 시작했는지요! 스크루지는 잠시 동안 조카며느리가 식당 한 귀퉁이에 있는 작은 의자에 앉아 있다는 것을 깜박 잊고 있었습니다. 그렇지 않았다면 결코 어떤 경우에도 이렇게 갑작스럽게 나타나지는 않았을 것입니다.

"세상에! 이분이 누구신가요?"

프레드가 외쳤습니다.

"나다. 네 외삼촌 스크루지. 저녁 식사 초대를 받으러 왔다. 내가 들어가도 되겠지, 프레드?"

들여보내고말고! 프레드가 얼마나 외삼촌의 팔을 잡고 흔들어댔는지, 스트루지의 팔이 떨어져 나가지 않은 것만도 다행이었습니다. 5분도 채 지나지 않아 스크루지는 자기 집에 있는 것처럼 편안해졌습니다. 그보다 진심 어린 환대는 없었습니다. 그의 조카며느리도 이전에 봤던 모습과 똑같이 보였습니다. 토퍼가 왔을 때도 마찬가지였습니다. 통통한 처제가 왔을 때도 마찬가지였습니다. 모든 사람이 올 때마다 마찬가지였습니다. 훌륭한 파티, 훌륭한 게임, 훌륭한 화의, 훌륭한 행복이었습니다!

스크루지는 다음 날 아침 일찍 사무실을 나갔습니다. 정말 일찍 나갔습니다. 서기 봅 크래치트보다 먼저 도착해서 봅 크래치트가 늦게 오는 모습을 보려고 하는 의도였습니다.

그리고 그는 해냈습니다. 그렇습니다, 그는 그렇게 해냈습니다!

시계는 9시를 가리켰습니다. 봅은 아직 사무실에 도착하지 않았습니다. 15분이나 지나도 봅 크래치트는 나타나지 않았습니다. 봅 크래치트는 출근 정각 시간보다 정확히 18분하고도 30초가 지나 있었습니다. 스크루지는 문을 활짝 열고 봅 크래치트가 사무실 안으로 들어오는 모습을 볼 수 있도록 앉아 있었습니다.

봅 크래치트가 문을 열고 작은 골방으로 들어가기 전에 모자를 벗었고, 목도리도 치웠습니다. 그는 순식간에 의자에 앉아 펜을 휘둘렀는데, 마치 출근 시간 9시를 따라잡으려는 듯했습니다.

"이봐!"

스크루지가 평소의 목소리로, 가능한 한 흉내 내며 으르렁거렸습니다.

"이 시간에 들어온다는 것이 무슨 뜻인지 아는가?"

"정말 죄송합니다. 늦었습니다."

봅 크래치트가 말했습니다.

"늦었다고? 그래. 자네 생각이 맞는 것 같군. 괜찮다면 이쪽으로 와 주게나, 서기."

스크루지가 되풀이하며 물었습니다.

"일 년에 딱 한 번뿐입니다. 다시는 늦지 않겠습니다. 어제 제가 좀 시끌벅적하게 보내서요."

작은 골방에서 나타난 봅이 애원하듯 말했습니다.

"자, 이보게, 이제, 내가 말해주지, 난 이제 이런 꼴을 더 이상 보고 싶지 않네. 그래서……"

스크루지가 말했습니다.

"그래서 나는 저네 월급을 올려주기로 했네!"

스크루지는 의자에서 뛰어내리며 말을 이었습니다. 그리고 조끼를 파고들자 봅 크래치트는 다시 작은 골방 안으로 비틀거리며 들어갔습니다.

봅 크래치트는 떨며 가까이 있는 자를 움켜잡았습니다. 봅 크래치트는 순간적으로 자를 휘둘러 스크루지를 쓰러뜨린 뒤, 법정의 사람들을 불러 죄수복을 요청할 생각을 떠올렸습니다.

"메리 크리스마스, 봅 크래치트!"

스크루지는 오해할 수 없는 진지한 표정으로 봅 크래치트의 등을 두드리며 말했습니다.

"내가 수년 동안 자네에게 준 것보다 더 즐거운 성탄절이 되길 바라네, 나의 좋은 친구 봅 크래치트! 나는 자네 월급을 올려주고, 힘든 가정 형편을 도울 수 있도록 노력할 것이라네. 그리고 오늘 오후, 성탄절에 즐기는 따뜻한 와인 스모킹 비숍(빅토리아 시대 영국에서 크리스마스 시즌에 즐겨 마셨던 적포도주 기반의 펀치 또는 뮬드 와인. 포트 와인, 레몬 또는 세비야 오렌지, 설탕, 정향 등 향신료를 사용해 만듦)을 곁들여 자네의 집안일을 논의해 보자고, 봅! 난로에 불을 피우고고, 일을 하기 전에 석탄 통도 하나 더 사오게, 봅 크래치트!"

스크루지는 본인이 약속한 것보다 더 나은 사람이었습니다. 스크루지는 모든 것을 해냈고, 그 이상을 이루었으며, 죽지 않은 꼬맹이 팀에게는 대부가 되었습니다. 그는 좋은 친구이자 좋은 주인, 그리고 좋은 사람이 되어, 이 좋은 옛 도시나 다른 모든 옛 도시, 마을, 혹은 구역에서 아는 한 최고의 사람이 되었습니다. 어떤 사람들은 그의 변화를 보고 웃었지만, 스크루지는 그들이 웃게 내버려 두었고, 거의 신경 쓰지 않았습니다. 왜냐하면 스크루지는 이 세상에서 좋은 일로 인해 항상 일부의 사람들이 처음에는 웃음을 참지 못한다는 것을 충분히 알고 있었기 때문입니다. 또한 그런 사람들은 어쨌든 눈뜬장님이라는 사실을 알고 있었기에, 그들이 얼굴에 잔뜩 주름을 잡고 경멸의 웃음을 짓는 것이 병마로 추해진 모습과 다를 바가 없다고 생각할 만큼 아주 현명해졌기 때문입니다. 그의 마음 자체가 웃었고, 그것만으로도 그는 충분했습니다.

스크루지는 더 이상 유령들과 만나지 못했지만, 그 이후로는 완전히 금욕적인 생활 원칙을 지켜가며 살았습니다. 사람들은 늘 그에 대해 말하길, 살아 있는 어떤 사람보다도 진정으로 크리스마스를 잘 보낼 줄 아는 사람이라고 했습니다. 그 말이 우리 모두에게도 참으로 해당되기를 바랍니다. 그리고 꼬맹이 팀이 말했듯이, 신의 가호가 우리와 함께 하길!

1812년 2월 7일 영국 잉글랜드 햄프셔 주 포츠머스 랜드포트에서 출생
했다.

1824년 디킨스는 런던에 있는 구두약 공장에 취직했다.

1833년 보즈라는 필명으로 한 잡지에 단편을 투고했다.

1836년 《Sketches by Boz》가 출판하면서 문단에 데뷔했다.

1837년 장편소설 《The Pickwick Papers》 출간 뛰어난 유머로 큰 인기를
얻었다.

1838년 《올리버 트위스트》 출간

1842년 브리태니아 증기선을 타고 그의 아내 캐더린과 저작권 문제로 미
국을 방문

1843년 《크리스마스 캐럴》 출간

1859년 《두 도시 이야기》 출간

1860년 《살인자 선장》 출간

1870년 6월 9일 영국 잉글랜드 켄트 주 하이그햄에서 뇌졸중으로 사망
했다.
《에드윈 드루드의 비밀(The Mystery of Edwin Drood)》 미완성 유고

크리스마스 캐럴

초판 1쇄 인쇄 2025년 12월 15일
초판 1쇄 발행 2025년 12월 22일

지은이 찰스 디킨스
그린이 아서 래컴
옮긴이 박영민
펴낸이 이효원
편집인 김성규
디자인 기린
펴낸곳 올리버
출판등록 제395-2022-000125호
주소 경기도 고양시 덕양구 삼송로 222, 101동 305호(삼송동, 현대헤리엇)
전화 070-8279-7311   **팩스** 02-6008-0834
전자우편 tcbook@naver.com

ISBN 979-11-94381-73-0 04080
     979-11-89550-89-9 (세트)

올리버 세계교양전집 목록